La collection
RÉVERBÉRATION
est dirigée par
Gaëtan Lévesque

Dans la même collection

Aude, *Éclats de lieux*, nouvelles.
Renald Bérubé, *Les caprices du sport*, roman fragmenté.
France Boisvert, *Vies parallèles*, nouvelles.
Mario Boivin, *L'interrogatoire Pilate*, fiction historique.
Gaëtan Brulotte, *La contagion du réel*, nouvelles.
John Calabro, *Le cousin*, novella, traduit de l'anglais par Hélène Rioux.
André Carrier, *Rue Saint-Olivier*, roman.
Daniel Castillo Durante, *Le silence obscène des miroirs*, roman.
Hugues Corriveau, *De vieilles dames et autres histoires*, nouvelles.
Esther Croft, *L'ombre d'un doute*, nouvelles.
Esther Croft, *Les rendez-vous manqués*, nouvelles.
Jean-Paul Daoust, *Sand Bar*, récits.
Danielle Dussault, *La partition de Suzanne*, roman.
Francisca Gagnon, *Les chercheurs d'aube*, nouvelles.
Pierre-Louis Gagnon, *Le testament de Maïakovski*, roman.
Louis-Philippe Hébert, *La Cadillac du docteur Watson*, roman.
Louis-Philippe Hébert, *Celle d'avant, celle d'après*, roman.
Fernand J. Hould, *Les cavaleurs*, nouvelles.
Pierre Karch, *Nuages*, contes et nouvelles.
Sergio Kokis, *Amerika*, roman.
Sergio Kokis, *Clandestino*, roman.
Sergio Kokis, *Culs-de-sac*, nouvelles.
Sergio Kokis, *Dissimulations*, nouvelles.
Sergio Kokis, *Makarius*, roman.
Henri Lamoureux, *La Mariée des montagnes Vertes*, roman.
Henri Lamoureux, *Orages d'automne*, roman.
Guillaume Lapierre-Desnoyers, *Pour ne pas mourir ce soir*, roman.
Andrée Laurier, *Avant les sables*, novella.
Andrée Laurier, *Le Romanef*, roman.
Stéphane Ledien, *Bleu tout-puissant*, roman.
Stéphane Ledien, *Un Parisien au pays des pingouins*, récits.
Marcel Moussette, *La photo de famille*, roman.
Christine O'Doherty, *Le pont de l'Île*, roman.
Hélène Rioux, *L'amour des hommes*, roman.
Maurice Soudeyns, *Qu'est-ce que c'est que ce bordel !*, dialogues.
André Thibault, *Sentiers non balisés*, roman.
Nicolas Tremblay, *L'esprit en boîte*, nouvelles.
Nicolas Tremblay, *L'invention de Louis*, anticipation.
Nicolas Tremblay, *Une estafette chez Artaud*, autogenèse littéraire.
Gisèle Villeneuve, *Outsiders*, nouvelles.
Claude-Emmanuelle Yance, *Cages*, nouvelles.
Claude-Emmanuelle Yance, *La mort est un coucher de soleil*, roman.

Trop de lumière pour Samuel Gaska

Du même auteur

Sang et lumière. La communauté du sacré dans le cinéma québécois, essai, Québec, L'instant même, 2007.

La fatigue romanesque de Joseph Joubert (1754-1824), essai, Québec, Presses de l'Université Laval, 2008.

Étienne Beaulieu

Trop de lumière pour Samuel Gaska

récit

RÉVERBÉRATION

Catalogage avant publication
de Bibliothèque et Archives nationales du Québec et Bibliothèque et Archives Canada
Beaulieu, Étienne
Trop de lumière pour Samuel Gaska : récit
(Réverbération)
ISBN 978-2-924186-48-0
I. Titre. II. Collection : Réverbération.
PS8603.E337T76 2014 C843'.6 C2014-940391-7
PS9603.E337T76 2014

Lévesque éditeur remercie le Conseil des arts du Canada (CAC)
et la Société de développement des entreprises culturelles du Québec (SODEC)
de leur soutien financier.

Lévesque éditeur
11860, rue Guertin
Montréal (Québec) H4J 1V6
Téléphone : 514.523.77.72
Télécopieur : 514.523.77.33
Courriel : info@levesqueediteur.com
Site Internet : www.levesqueediteur.com

Dépôt légal : 1er trimestre 2014
Bibliothèque et Archives Canada
Bibliothèque et Archives nationales du Québec
ISBN 978-2-924186-48-0 (édition papier)
ISBN 978-2-924186-49-7 (édition numérique)

Distribution au Canada
Dimedia inc.
539, boul. Lebeau
Saint-Laurent (Québec) H4N 1S2
Téléphone : 514.336.39.41
Télécopieur : 514.331.39.16
www.dimedia.qc.ca
general@dimedia.qc.ca

Distribution en Europe
Librairie du Québec
30, rue Gay-Lussac
75005 Paris
Téléphone : 01.43.54.49.02
Télécopieur : 01.43.54.39.15
www.librairieduquebec.fr
libraires@librairieduquebec.fr

Production : Jacques Richer
Conception graphique et mise en pages : Édiscript enr.
Photographie de la couverture : Dashark | Dreamstime.com
Photographie de l'auteur : Marie-Claude Lapointe

Nous sommes tous des instruments que le son met d'accord, mais que le bruit désorganise.

JOSEPH JOUBERT, *Carnets*, 5 février 1807

Je voudrais raconter cette histoire exactement comme elle s'est déroulée, avec l'impression d'un brouillard très dense et sans aucune idée de la suite. Pour transmettre le plus fidèlement possible ces minuscules événements, il me faudrait peindre les formes nuageuses que je vois se faire et se défaire dans le ciel et qui ressemblent aux moments lumineux de ma vie où tout a semblé prendre forme et s'évanouir l'instant d'après. Gloire d'un moment appelée à disparaître dès son éclosion. Pour ne pas mentir ni trahir mon histoire, il faudrait que je parvienne à dire cette impression de flottement de l'existence qui rend presque incompréhensible le passage des instants et nous laisse errer calmement jusqu'à notre mort comme un huard à la surface d'un lac. Ce sentiment ne me quitte jamais, mais ne se laisse décrire que par des nuages de prose, lents comme la brume, que le moindre souffle dissipe. Une seule chose m'est aujourd'hui certaine, c'est que l'existence est faite de formes qui se font et se défont à une vitesse prodigieuse, et la mienne peut-être plus qu'aucune autre.

J'ai consacré ma vie entière à la musique, mais je voudrais vous raconter comment elle en est venue à me sembler un mensonge et toute forme d'art avec elle. Je sais maintenant que la véritable musique n'apparaît que si l'on dépose l'archet sur la table ou lorsque les mains s'éloignent du piano un instant, quand les bruits de notre cacophonie humaine s'éteignent et laissent émerger aux oreilles de ceux qui peuvent les entendre les sons réels que produisent les véritables puissances de ce monde. Mais qu'est-ce qui forme la trame réelle de nos vies : ces bruits disparates ou la perfection imaginaire des sons accordés au réel ? Je voudrais que la question reste entière, comme elle le demeure pour ma vie dont les moments emmêlés forment, malgré tout, une histoire.

Mes phrases se brouillent et je deviens vague, pardonnez-moi, je vais prendre une grande respiration et mettre de l'ordre dans mon récit. Je voudrais commencer par le plus prosaïque et dire très simplement : « Moi, Samuel, oui, moi, Samuel Gaska, trente-sept ans, d'origine polonaise, marié, sans enfant, compositeur, je me suis retrouvé en prison le 2 mai 2001 au pénitencier de Fort Calahan dans l'Ouest canadien. J'y ai passé deux ans moins un jour et je ne me souviens de presque rien. Quand j'en suis sorti, j'étais un autre homme. Je n'étais plus ce grand artiste que j'avais rêvé d'être, la musique m'indifférait. Je suis enfin arrivé à me débarrasser de cette maladie familiale héritée de l'Ancien Monde d'où mes parents sont venus avec l'espoir insensé de convertir leurs échecs en ma seule réussite. Je me suis débattu longtemps avec ce devoir d'être quelqu'un de plus important que je ne suis, mais je laisse maintenant cette gloriole aux nuages. Je suis libre, habitant d'un immense espace où s'engloutissent mes inquiétudes et qui me laisse vivre avec l'aisance d'un héron pataugeant au matin dans une eau calme. Depuis les événements que je vais vous raconter, l'art et la musique se sont changés pour moi en histoires de fantômes pour grandes personnes et l'existence la plus simple est devenue la seule chose désirable en ce monde. Asseyez-vous quelques instants, je vais vous raconter comment j'en suis venu à vivre sans y penser. »

Un corps et un nom

Mon père était de Silésie. Natif d'un petit village près de Wroclaw, il a grandi à Cracovie, où ses parents avaient dû venir pour trouver de quoi vivre pendant la crise des années trente. Après une enfance pauvre mais sans histoires, qu'ont vécue la plupart des Européens de l'Est avant la grande invasion des Allemands, il lui avait fallu soudain quitter tout cela et travailler aux usines de métallurgie bâties par les nazis dans la plaine, à la limite de la ville, et converties après la guerre en ateliers du peuple. On y fabriquait quantité d'objets censément utiles au progrès de l'humanité, des automobiles, des grille-pain, des postes radio et toute cette ferraille qui finit toujours par s'entasser dans les dépotoirs et servir d'abri aux animaux errants. Mon père n'aimait pas beaucoup cette existence de sueur et de rhétorique où, à chaque instant, il devait faire preuve d'enthousiasme pour un travail auquel il ne croyait pas. Il rêvait, comme beaucoup, d'Amérique, d'une Amérique large comme un boulevard et toute droite comme la route d'un panzer. C'était banal, mais c'était puissant à la façon d'un mythe auquel il tenait plus qu'à la vie de misère qu'il menait tant bien que mal avec sa femme et son jeune fils.

Cet enfant unique qu'ils ont vénéré comme un cadeau du ciel, c'était moi : sur la seule photo que je possède de cette période, j'ai quelques mois, je suis entre ma mère et mon père, on m'a déposé sur un ancien réfrigérateur qui servait de table dans la cour arrière de l'immeuble délabré que nous allions habiter encore un peu avant de fuir vers les tracés rectilignes de l'Amérique. Ce serait très beau de vous dire que la fuite avait été organisée soigneusement, que mon oncle s'était chargé de nous mettre dans le train au coucher du soleil et que mon père ne s'était même pas retourné vers la colline de Wawel qui dominait la ville. Mais la vérité, c'est que je n'en sais rien et que personne ne m'a jamais raconté la fuite en Amérique. C'était dans la famille une sorte de tabou. Je sais seulement que je suis né là-bas et que j'ai grandi ici, à Montréal. Entre les deux, un abîme s'étend et je dois inventer le passage d'un monde à l'autre. En un sens, je ne suis jamais arrivé en Amérique. J'y ai grandi, ce qui est complètement différent. Arriver en Amérique, rien n'est aussi difficile. J'imagine que ce l'est même pour ceux qui y sont nés. Arriver en Amérique n'a rien à voir avec le fait d'être en Amérique ou d'y venir ou encore d'y habiter. L'Amérique se dérobe sans cesse à l'horizon, on n'y arrive jamais vraiment, on vient toujours d'ailleurs. On ne peut habiter cet espace pétri d'un prosaïsme inimaginable sans lever la tête vers les nuages d'où nous nous souvenons d'être venus jadis, anciens oiseaux migrateurs jouant aux humains le temps d'une vie nouvelle.

À quoi bon faire semblant et trouver des phrases pour inventer quelque chose qui m'échappera toujours ? Le récit de cette épopée migratoire vers l'Amérique aurait été bondissant, les images auraient été invitantes, mais elles auraient été fausses. Désir de tête, scènes de théâtre. Tout ce que je déteste et qui s'éloigne de la vie, qui est toujours plus simple que ce qu'on en dit, qui verse dans le faux-semblant à la moindre occasion. Vision de l'enfer : condamné pour l'éternité à jouer des drames qui n'ont jamais eu lieu que sur des scènes et qu'aucune réalité ne sauvera jamais. Je formule solennellement le souhait qu'au moment de mourir, le théâtre soit terminé. J'ai l'espoir que la mort nous délivrera de l'obligation d'agir comme si nous étions vivants et de raconter ces existences de misère en faisant comme si elles avaient véritablement eu lieu. Mais je me doute bien qu'à la fin, le théâtre nous rattrapera et qu'il faudra passer par là pour être enfin délivrés de tout rôle à jouer.

La délivrance était arrivée à mon père avec une fulgurance inattendue lorsque, bien installé dans cette Amérique qui n'avait évidemment rien à voir avec ses rêves, mécanicien de son état depuis plus de vingt ans, il était mort sans dire un mot, enfin libéré de ses désirs d'être quelqu'un d'autre et du sentiment d'avoir à faire de sa vie une histoire digne d'être racontée. Je revois souvent la scène (car c'en était une, une vraie, dont je ne suis pas encore libéré) : il s'était levé de son fauteuil, éternel, s'était tenu la poitrine avec la main droite, avait fait quelques pas sur le balcon. Il avait regardé une dernière fois le boulevard Marie-Victorin dans ce Montréal-Nord qu'il n'avait jamais aimé et dans lequel nous avions vécu en faisant ce que nous avions pu. Il avait jeté un dernier regard sur les automobiles et tout ce ciment partout, puis il s'était effondré. Il n'avait pas fait de théâtre, mais on aurait dit que c'en était. Il aurait voulu mourir simplement et qu'on l'oublie, nous laisser ici sans explication, libres de tout inventer. Malheureusement, je me souviens très bien de la scène de sa mort et surtout de l'avoir vécue comme le début d'une mauvaise pièce de théâtre.

Cette disparition soudaine ne m'avait pas fait pleurer plus qu'un garçon ne pleure quand son père meurt. C'était une mort parfaitement normale. Rien d'extraordinaire à voir ce petit homme sec disparaître, sinon un sentiment de vide soudain. Il n'y avait plus personne dans le fauteuil et ma mère ne savait à qui se plaindre de la météo. Je n'éprouvais rien de particulier, je me sentais simplement orphelin de père, comme tant d'autres, je suis tenté de dire : comme tout le monde. Il ne me venait que des émotions faites sur mesure pour un enterrement comme en vivent toutes les familles.

Ça s'était passé en une seule journée : l'habillement au petit matin, le chauffeur qui était venu nous prendre et le parcours en silence jusqu'au village. Il y avait du brouillard dans les rues étroites et tranquilles. Le corbillard s'était avancé jusqu'au petit cimetière dans une procession à laquelle personne ne semblait croire vraiment. Sentiment d'irréalité, passage d'un cortège de pure convention, rien de tout cela n'est vrai, prends une grande respiration, dans un instant tout sera fini. Les cloches électroniques de l'église, malgré tout, étaient émouvantes.

Tout autour de la fosse où il repose encore, il y avait des pins faméliques qui bloquaient la vue. Nous étions dans un espace suspendu, au bout du monde, un véritable nulle part. Cette terre rachitique, c'était aussi bien la Silésie natale de mon père que le Nord québécois qu'il n'avait jamais connu mais auquel il nous avait fait rêver, c'était la terre de tous ceux qui meurent en désirant être oubliés. Les prières avaient déjà commencé, incompréhensibles pour tous d'autant que le claquement sec des grêlons tombant soudain sur les parapluies avait couvert le murmure du prêtre. Puis, en m'avançant un peu plus sur le bord du trou creusé dans la terre, j'avais aperçu le cercueil, qui était fait, selon les vœux de mon père, dernier caprice étrange de cet homme secret, d'un assemblage de bouts de tôles, d'une cheminée en métal rafistolée et d'un vieux hublot mal vissé à l'endroit où l'on voyait les draps enserrant ses pieds de mort à travers la vitre. J'avais été alors pris d'une envie de rire. C'était trop fort, c'était n'importe quoi. Dans son cercueil fait de pièces détachées, mon père avait fini comme tous ces animaux errants des dépotoirs de Cracovie et de partout. Il était à sa façon toujours resté le petit ouvrier des usines de la plaine que domine la colline de Wawel, il n'était jamais arrivé en Amérique, c'est ce qu'il nous disait par la forme bizarre de son cercueil. Sa vie n'avait été qu'une soudure d'un morceau à un autre, qu'un arrangement de mécanique qui allait faire semblant de fonctionner pour un temps. Comment se défaire du raboutage de nos vies, de l'entassement d'événements dont on finit par dire : c'était là une vie d'homme ordinaire, vécue morceau par morceau et tout d'une traite à la fois.

À partir de ce moment-là, je me suis retrouvé pris avec moi-même et avec ce que mon père avait voulu pour moi : vivre au Canada et devenir compositeur se sont changés en deux absurdités. Je n'ai plus su que faire des rêves de mon père sinon y obéir encore plus que de son vivant, même si le doute commençait à percer en moi qu'il avait monté tout ce scénario par pur désœuvrement, par écœurement de la guerre et désir de se fuir lui-même. Il n'y croyait pas plus que moi, à la Pologne dont il me destinait à entretenir la mémoire, et c'est à se demander s'il avait déjà cru à l'Amérique qu'il nous avait donnée comme terre d'adoption. Il ne connaissait d'ailleurs rien à Chopin, qu'il vénérait parce qu'il avait besoin de vénérer quelque chose, ni à Samuel Barber, le compositeur de l'Amérique dont il n'avait sans doute jamais entendu le nom. En réalité, même après trente ans passés loin de son village natal de Silésie, il ne savait pas plus que moi ce qu'était le Nouveau Monde. Qu'est-ce que le Nouveau Monde ? En fait, mon père n'avait été personne, c'était à moi de l'inventer et du même coup l'espace qui se déployait devant moi. Sa vie aurait pu se résumer à une pure transition, alors que ma vie, elle, s'ouvrait avec une nouvelle page toute blanche sur laquelle je commencerais par faire un gros gribouillis d'enfant.

Je me souviens d'avoir beaucoup rêvé, quelques mois après sa mort, à des histoires de pères qui n'étaient pas le mien. À bien des égards mon histoire est une longue substitution de pères qui mènera peut-être un jour à ma propre paternité. C'est alors seulement que j'habiterai, peut-être, le Nouveau Monde : en faisant des enfants. Ce ne sera pas encore mon pays, mais je serai, moi, l'enfant de ce pays, car depuis toujours ce sont les fils qui font les pères et non l'inverse. Mais peut-être mes enfants se diront-ils la même chose : qu'ils devront à leur tour faire des enfants pour être d'ici et ainsi de suite jusqu'à ce qu'il n'y ait plus d'Amérique du tout, jusqu'à ce que l'Amérique originelle elle-même s'efface et avec elle le fantasme d'être aussi ancien qu'un autochtone, que ceux qui seraient nés du sol même. Je me demande si les autochtones eux-mêmes ne rêvent pas qu'ils sont orphelins, se demandant si leurs pères ne venaient pas d'ailleurs. L'Amérique est une histoire interminable d'orphelins se réinventant un père, depuis même ces premiers arrivants auxquels je rêve si souvent depuis la mort de mon père — encore la nuit dernière, sans avertissement, une autre histoire de père et de territoire.

•

Mon regard glisse au ras du sol, longuement, coulant en rase-mottes juste au-dessus des cailloux et des herbes. Je suis léger, planeur invisible, paire d'yeux sans corps. Mon regard s'arrête soudain : à quelques centimètres de mon visage, un pied inséré dans un mocassin. Une jambe est plantée devant moi, et tout autour poussent d'immenses fougères. Mon regard lentement longe la cuisse, jusqu'au tronc couvert de cuir tanné, puis traverse un torse très large. Immobile, cet homme tient une carabine et regarde fixement en direction des nuages. Très haut dans le ciel, des nuées d'oiseaux se croisent comme les lames de ciseaux géants. Je reconnais cet homme : c'est mon père, mais ce n'est pas mon père, c'est un Amérindien et ma peau est blanche, c'est un homme qui regarde vers le ciel, alors que moi, j'en viens tout droit, catapulté sur cette terre dont j'emprunte les figures à une mémoire étrange et qui n'est manifestement pas la mienne. Perdre mon père réel m'a ainsi donné de nombreux et surprenants pères imaginaires. Né Polonais, je deviens peu à peu fils du Nouveau Monde en braconnant ses légendes.

•

Les territoires rêvent en nous, et pour bien prendre pied sur une terre nouvelle, il faut laisser ces divagations cheminer longtemps dans nos pensées, s'insérer dans des gestes oubliés et réveiller des légendes endormies. Venu de l'Ancien Monde, je dois laisser la terre d'ici prendre possession de mon imaginaire et faire vivre ces acteurs millénaires qui parcouraient le continent bien avant l'homme blanc. C'est ainsi que je pourrai devenir le fils d'un homme que je n'ai pas connu et de dieux qui parlent encore dans la plaine et dans le langage des bêtes, des plantes et des oiseaux qui vivent et meurent encore au fond de ce qui reste de forêts.

C'est d'ailleurs étrange, chaque fois que je rêve à mon père, il y a toujours des oiseaux. Pourtant, ça n'a rien à voir, il ne faisait pas la différence entre un moineau et un aigle. Mais leur langage qui n'est pas le nôtre me rappelle qu'il ne parlait pas clairement le français et qu'il avait comme seul but dans la vie que je devienne musicien. Il désirait par contre tout autre chose pour lui-même. Dans sa camisole d'ouvrier, le plus souvent crottée, il rêvait de forêts denses, de lacs et de toutes ces images verdoyantes du Canada que font miroiter les agences gouvernementales et dont il nous parlait sans cesse. Il n'en aura jamais vu une seule, de ces forêts. Il est mort sans jamais avoir ouvert le Marie Victorin qu'on lui avait offert pour son anniversaire, il y a longtemps.

L'idée d'être compositeur m'est peut-être venue comme ça, en n'y pensant pas et en suivant le désir d'un autre, cet autre qui est aussi moi-même, fils d'un homme qui n'a pas vraiment existé et qui n'est venu au monde que pour passer la main, pour léguer ses désirs à quelqu'un qui en voudra bien. La musique, c'est un autre langage, que mon père ne comprenait pas plus que le français, mais qu'il partage maintenant avec tous ces oiseaux imaginaires auxquels je rêve sans cesse et qui n'ont pas de nom alors que moi, j'en ai bien un qui m'enchaîne à mon histoire et à mon corps.

Combien de nuits ai-je passées, enfant, à me demander quoi faire de ce nom qui ne m'allait pas? Couché sur le dos dans le noir de ma chambre, je chuchotais: «Je m'appelle Samuel Gaska», dix fois, vingt fois, jusqu'à ne plus savoir ce que ces mots signifiaient. Je sentais que j'étais dans un corps, nul doute que c'était le mien, mais lui non plus n'avait pas de nom. Ce tas de chair blanche surmonté d'une touffe blonde n'avait aucun lien avec mon nom, pas plus que la vieille boîte carrée sur ma table de chevet ne devait être nommée «radio». Aucun rapport entre ceci et cela, c'était évident, il y avait mon nom d'un côté et mon corps de l'autre, et je m'étais entièrement réfugié dans mon nom, « Gaska ». Mon corps n'était pas le bon, c'était très simple. Puis l'angoisse. Rien à voir avec ma qualité de fils d'immigrant. C'est plutôt que je ne suis pas un humain, non, malgré les apparences je suis un oiseau. Oui, regardez bien : les plumes qui me poussent sur le dos ne sont pas celles d'un ange largué en Amérique par un grand oiseau de fer. Regardez encore une fois : je suis le fils d'un oiseau, d'une vraie bête à plumes, je suis l'une de ces outardes que pointait avec insistance l'Amérindien de mes rêves. Oui, je soupçonne depuis l'enfance cette filiation ailée, quand avant de m'endormir je calmais mon angoisse en imaginant une volée d'oies tout autour de mon lit.

•

Au beau milieu de la nuit, est-ce un rêve ou est-ce que j'entends vraiment ces oies criailler ? Quelque part devant une très grande maison toute blanche, bordée d'une pelouse impeccablement rase, quelques vieux arbres clairsemés laissent avancer des oies qui se dandinent péniblement. Elles sont quelques-unes, leurs cris percent le silence. Elles s'avancent lentement, viennent de tous les côtés, elles se dirigent vers la maison sans se détourner. Plus elles se rapprochent, plus elles s'égosillent et sont nombreuses. Innombrables, leurs cris s'amplifient et se changent en un vacarme insoutenable, qui augmente encore lorsqu'elles commencent à gravir maladroitement les marches du grand escalier en frottant leurs gros ventres de plumes contre les surfaces de bois peint. Autour de la maison, une mer d'oies qui criaillent à perte de vue. Que veulent-elles ? Pourquoi se trouvent-elles sur le terrain de cette maison, où il n'y a personne, où il n'y a que moi, où elles crient après moi, où je me rappelle que je suis moi, le cœur battant à me demander ce que je vais faire de ce moi que les oies accusent en criant ? Au beau milieu de la nuit, rien à faire, je suis encore moi, pris avec ce corps qui n'est pas celui d'une oie, un corps de migrateur cloué au sol.

•

Toute mon enfance s'est déroulée à ne pas comprendre ce que je faisais ici, dans cet univers urbain et fermé, à me demander quand j'allais de nouveau m'envoler vers les vrais espaces où ceux de mon espèce disparaissent chaque année, comme s'ils nous narguaient, pauvres êtres sans plumes, condamnés à demeurer sur terre et clôturés dans notre vie présente. Je me souviens encore du choc ressenti tout enfant lors de cette sortie organisée par l'école au cap Tourmente pour aller voir les oies blanches sur les battures. C'était un printemps inondé de lumière crue, les arbres commençaient à bourgeonner. Il y avait une multitude d'oies devant nous, à perte de vue. Elles s'égosillaient et créaient un étrange vacarme qui absorbait tout, nous empêchait de parler entre nous et ainsi devenait un silence bruyant et cacophonique. Regarder les oies nous rendait tous bizarrement muets et nous enlevait en quelque sorte notre humanité. Nous n'étions plus que des éléments parmi d'autres dans la vaste plaine boueuse et dans ce printemps immense qui ouvrait le ciel et la mer.

Après quelques minutes d'observation de ces migrateurs, une certitude m'était venue : ces oiseaux, plus que n'importe quelle autre forme de vie, me donnaient à voir un temps disparu depuis des lustres. C'était un scandale temporel : la préhistoire vivait parmi nous, à la vue de tous, et nous rappelait notre état chétif de mammifères chevelus venus en Amérique bien après tous ces oiseaux.

Les premiers arrivants sur ce continent parti à la dérive il y a trois cents millions d'années, ce ne sont pas les Amérindiens, mais les oiseaux. C'était cette impression insoutenable que me faisait ressentir l'oie qui se promenait parmi les herbes juste à quelques mètres, faisant à peine attention à moi, trop occupée à se goinfrer de racines et d'herbes, à jouir de l'oubli de son espèce et à faire partie du paysage. Ses pattes noueuses et fines paraissaient faites d'une substance rocheuse pareille à celle de son bec, sorte de clapet se refermant sourdement après un cri rauque. Le cou musculeux, démesurément allongé, prêt à se détendre, demeurait suspendu dans un déséquilibre qui donnait à sa silhouette, reflétée dans l'eau, une laideur étrange et presque belle. La disproportion des formes de cet animal accusait la provenance certaine d'une autre époque de la création. En la regardant plus longuement, j'eus le sentiment qu'avant le lever du soleil, depuis une nuit qui avait commencé bien avant ma vie, depuis un temps infiniment plus long que celui de ma grande migration par-delà l'Atlantique, cette oie pataugeait dans l'onde par fines enjambées, laissant l'eau clapoter sous elle avec indifférence. Sa fragilité osseuse semblait l'avoir maintenue en vie depuis toujours. J'avais compris lors de cette excursion que les êtres du Nouveau Monde m'étaient donnés sans langage, dans leur fragilité toute silencieuse et qu'ils ne perduraient que grâce à ce silence qui les isolait de tout langage, de tout artifice humain et forcément de tout art. Si je voulais perdurer avec eux, je devais me laisser disparaître dans ces formes sans âge du paysage. Oublier qui j'étais parmi ces figures tellement anciennes qu'elles paraissaient éternelles. La musique ne me serait d'aucun secours dans cet univers de pierres, d'arbres et de lumière crue.

Pendant que j'observais l'oie blanche s'éloigner tranquillement sur le rivage, une autre certitude se solidifiait en moi : le plumage de cet oiseau ne lui appartenait pas et les traces caractéristiques de ses doigts, partout imprimées sur le sable, n'étaient pas les siennes, mais celles de tous les individus de son espèce qui avaient les mêmes empreintes et marchaient dans les mêmes eaux depuis que l'Amérique s'était détachée de l'Europe avec la dérive des continents. J'aurais voulu moi aussi ne pas m'appartenir, m'oublier dans les gestes de mon espèce, oublier cette différence ethnique qui me faisait étranger à ceux d'ici, mais qui me rapprochait de l'espace, des lieux, des phénomènes infimes qui se produisaient avec une lenteur démesurée. « À quoi ressemble une trace humaine ? » Cette question avait retenti en moi comme un coup de gong. Et l'oiseau qui mangeait tranquillement des herbes juste devant avait semblé entendre la menace de cette question : il avait pris son envol, lourdement, pesamment, frôlant la pellicule de l'eau du bout de ses pattes repliées, entraînant avec lui un nuage d'oies blanches fuyant instinctivement un danger pourtant inaperçu. Après le départ des oies, il ne restait plus dans la petite baie que des ronds s'évanouissant à la surface de l'eau, cercles qui en se distendant progressivement laissaient passer leur contenu dans l'eau calme, un peu comme tous ces moments que j'essaie de raconter tant bien que mal et qui m'échappent au moment de les mettre en forme. Je m'échappe moi-même comme quelqu'un dont l'histoire semble s'envoler à tout instant pour suivre de grands voiliers nuageux qui passent là-haut pour ne plus revenir qu'une année plus tard, toujours différents, mais au fond inchangés dans un éternel retour qui ne nous doit rien et auquel nous sommes profondément étrangers.

Toutes ces rêveries qui me poursuivent depuis l'enfance n'ont rien à voir avec mon nom. Je m'appelle Gaska, oui, cela signifie « l'oie » en polonais, oui, mon père était une oie qui avait voulu migrer à l'autre bout du monde, et après ? Dans le Nouveau Monde, tout cela n'importe plus, nous sommes tous migrateurs. Oubliez ce père, il est maintenant mort et enterré. Et ma colère, c'est pour m'ébrouer comme une oie qui sort de la mer, pour me défaire de ce passé, pour être léger comme l'air, oui, je suis léger comme l'air et je m'éveille au monde. Je sors de ce cauchemar du passé, de la Pologne que je ne connais pas plus que vous. Je suis le volatile que désigne mon nom à défaut d'être le musicien que voulait mon père. Je renie ce destin tout tracé et je vis mon rêve d'enfant de coïncider enfin avec mon nom. Si vous aviez croisé cet enfant que j'étais, vous m'auriez entendu vous dire que j'étais Samuel Gaska, je vous aurais montré mon visage du doigt et sommé de bien observer ma mâchoire fine et mes gros yeux taillés en amande. Vous auriez dû en convenir : à n'en pas douter, ce sont ceux d'une oie cachée derrière mon visage. Puis cet enfant pris dans ses rêves étranges se serait éveillé une fois pour toutes, bien conscient d'être un oiseau, même sous ce masque d'homme.

Masque et lumière

J'ouvre les yeux, au matin, et cette fois je suis adulte, j'ai vingt-cinq ans, je m'appelle encore et toujours Samuel Gaska et je ne suis pas seul dans mon lit. Le faisceau d'un rayon de soleil dévoile les essaims de poussière au-dessus du plancher de bois. Rien ne bouge, tout paraît figé, sauf le lent mouvement de l'air dans la chambre. Pascale dort encore, les plis du drap contournent son corps dans la lumière pure. Je la laisse dormir, tout au fond du lit, très loin de moi, pendant que les cris d'un hurluberlu, dehors, se perdent parmi les klaxons de Montréal. Je reviens à moi comme un ange reprend son corps laissé vacant au sol, pantin désarticulé qu'un enfant a oublié par terre avant de s'endormir.

Peu à peu, tout me revient. Transhumance des esprits au petit matin, qui recherchent leurs corps à tâtons dans le trop-plein de lumière et le retour de nos migrations nocturnes. Chaque matin, en fixant la cuisinière pendant ce long moment de reconnaissance de moi-même, je suis fasciné par la rougeur du rond qui se détache net du blanc métallique. Joie d'enfance que d'éprouver ce magnifique étonnement d'être tout simplement en vie parmi des formes qui paraissent pourtant irréelles. Je suis là parmi des objets infiniment légers qui peuvent se transformer en quelque chose d'autre dans la seconde qui suit. Tout peut devenir différent, sans cesse. Mais au matin, c'est une joie et non un deuil. Le voisin qui fausse en beuglant sous la douche me le rappelle encore, comme une parodie de chant grégorien : tout bouge, chaque chose est à la fois sa propre caricature et sa métamorphose glorieuse. Le nuage qui passe en ce moment dans le ciel, c'est une main divine qui pointe en direction du jardin des pommes d'or, mais c'est en même temps l'organe démesuré d'un dieu priapique qu'on a jeté au loin afin que les chiens s'en délectent. Quiconque a déjà regardé longtemps les nuages se transformer dans son œil connaît ces métamorphoses simples dont le vertige augmente lorsque, tout de suite après la contemplation du ciel, le regard se braque sur le sol et continue de voir des formes mouvantes. Oui, tout se transforme, rien n'est fixe, la réalité n'est qu'une rapide succession d'états.

Revenant à moi, je m'assois sur la chaise qui craque et dont j'aurais dû me débarrasser depuis longtemps, mais à laquelle je reste attaché comme à une partie de mon corps. J'éprouve pour cette chaise la même tendresse un peu narcissique que je ressens en regardant ma main et ma peau. S'il y a une chose en ce monde qui me rappelle que, même si tout bouge et change sans cesse, quelque chose demeure un peu stable tout en devenant autre sans cesse, c'est bien mon corps, qui marque mon appartenance au règne des hommes. Depuis mon enfance, alors que je me prenais pour une oie, je me demande si ce corps est bien le mien. Je me doute depuis tout ce temps, même si j'essaie de me convaincre du contraire, qu'il n'est pas le mien, qu'il m'a été donné comme un corps d'adoption. Je suis un locataire perpétuel, de mon pays, de mon corps et des événements qui meublent mon existence. Rien n'est à moi, mais j'appartiens à tout cela. Vouloir défaire ces liens, ce serait sortir de ce monde et je n'ose m'y résoudre malgré ce nom d'oiseau que je porte comme une négation de mon corps.

Je devrais me punir de penser de pareilles sornettes, mais je me dis qu'il vaut mieux laisser l'imagination faire son travail et donner libre cours au rêve des choses que je porte en moi, qui m'indiqueront bien un jour mon véritable rôle sur cette terre. C'est ce que je fais chaque matin en sirotant mon café et en observant les ombres des branches se balancer sur le mur d'en face. Ces ombres gigantesques ressemblent à d'immenses palmes battant sous l'eau ou à des mains géantes qui cherchent à empoigner je ne sais quoi d'invisible. Des ailes géantes poussent au mur. Dans cette journée où tout le monde fera semblant d'être celui qu'il est, il y aura au moins cela : la lumière, qui très bientôt baignera l'appartement et qui m'engloutira dans un jaune cuivré. Je n'aurai bientôt plus le sentiment de la pesanteur et je me laisserai bercer dans la lumière. Ce sera ma façon de m'envoler.

Mais ce moment de légèreté factice ne dure jamais longtemps. Après l'euphorie du réveil vient un écrasement dans la lourdeur du monde sensible. Pesanteur de chose flasque, de chair humaine tombée du ciel. Je regarde un peu les pages du journal sans les lire, je bois mon café à petites lampées. Cependant, je dois dire qu'il y a souvent un moment bien précis où d'un seul coup le poids d'être dans un corps disparaît pour faire place de nouveau et plus intensément à une légèreté inespérée, à une respiration plus ample grâce à laquelle toutes les choses disparates se fondent dans une forme — je ne trouve aucun autre mot — « musicale ». L'euphorie du réveil revient au beau milieu de la journée.

Dans ces moments, la musique paraît surgir de la réalité elle-même et non pas de ma tête. Quand cela survient, souvent juste après la digestion, ça me rappelle un peu les effets adolescents des premières bouffées de haschich :

chaque objet semble à sa place et tout ce qui arrive semble cohérent, d'une forme parfaite, subtile, inaperçue et impossible à exprimer. Tout ce qui se produit alors fait partie d'une très vaste composition dont je ne suis témoin que d'un moment passager. Pas plus tard qu'hier, ça s'est mis en place quelques instants après l'orage, pendant que je restais là, à ne rien faire sous l'escalier, à observer les gouttes qui tambourinaient sur les marches: plic, ploc-ploc, plic, scansion irrégulière, mais à la fois parfaitement orchestrée, dont le secret était plus enfoui que le seul « plic ploc » que l'on pouvait entendre avec nos deux oreilles. Le rythme des petites explosions dans les flaques s'était propagé à tous les plans du visible et avait rendu aussi léger que de simples gouttelettes tout ce qui se mouvait: la marche saccadée de la femme qui traversait la rue, la régularité de l'auto qui passait et le rebond du ballon qui se découpait sur les briques jaunes du mur d'en face. Un rebond, une goutte, le pas de la femme, un rebond, une goutte, et l'automobile, comme une note basse, emportait tout et venait se redéposer dans un autre pas de la femme, qui lui-même rebondissait dans le passage d'une nouvelle automobile. La réalité entière venait de prendre son envol, rien n'était plus ce qu'il est vraiment, mensonge sublime et irrésistible.

Au départ, quand j'ai été transi de la sorte pour les premières fois, il m'était très difficile de cacher ma fierté, car je sentais que ma jouissance était élue. J'avais beau me démener, me prendre pour l'oiseau que je n'étais pas et tout nier en bloc, malgré moi, j'étais bien l'héritier du rêve de mon père. Je voyais la preuve de mon élection musicale dans mes capacités à réduire le réel aux polyphonies des gouttes d'eau après la pluie et à chanter les rapports invisibles entre les choses. Je me sentais tressaillir en observant la lenteur rapide des anneaux d'eau formés autour d'un caillou jeté dans un étang. Je passais de longues heures à contempler le calme d'une feuille morte flottant, le soir, à la surface d'un lac, comme une épave lentement engloutie dans l'eau noire, mouvement plus grave qu'une suite pour viole de gambe.

Mais cette capacité à tout sentir « musicalement » est rapidement devenue une prison. Que tout soit consonant, parfait, que tout sonne juste et mieux que la musique elle-même, cela est peut-être sublime, mais néanmoins morbide. Tout coïncide trop. Je crois même que cet appel a beau être irrésistible, il n'a pas le droit d'exister. C'est moi et seulement moi qui projette cette coïncidence sur le réel qui, bien plus riche, rejette tout cela comme une pâle copie dont il n'a que faire. J'ai compris très tôt que l'art me cachait le réel et que le désir de mon père de faire de moi un compositeur m'avait soustrait au Nouveau Monde, à l'espace, au temps, à tout ce paysage qui aurait dû s'ouvrir devant moi, mais qui au contraire s'absorbait dans mon imagination. J'étais l'héritier d'un désir contradictoire, pris entre l'art et le réel, entre un mensonge et une vérité qui s'imposaient avec autant d'évidence. Être un oiseau éternel du Nouveau Monde ou un compositeur mortel de l'Ancien, le débat se poursuivait en moi comme un orage qui n'en finissait plus de rouler très au loin.

La jouissance musicale s'était ainsi changée peu à peu en une horreur consommée méthodiquement, depuis les cours de piano de l'enfance jusqu'au conservatoire à l'adolescence. La mort bue à petites doses. Incorporée sans un mot, par la voix de Madame Chapelière, toute sèche et droite, qui me susurrait à l'oreille les mélodies que je sais encore par cœur et qui me réveillent souvent en pleine nuit comme un appareil radio qui éructerait soudain au beau milieu du silence. Cela m'a aussi été injecté par l'abbé Ricœur, bonhomme vertueux et bedonnant qui n'avait d'autre souci que la renommée de l'orchestre du quartier et qui nous faisait répéter des heures durant dans une petite salle aux murs de préfini et dont le plancher couvert de vieux tapis empestait l'humidité. Il émanait de cet homme une odeur de sueur et ses doigts graisseux me dégoûtaient des partitions qu'il tenait en main en les chiffonnant sans le vouloir.

Comment me débarrasser de tout cela, de la musique qui suinte par mes pores? La première solution aurait été de me supprimer, mais j'ai eu peur que tout recommence ailleurs, dans un autre monde où, da capo, cela résonnerait de nouveau et plus encore. L'erreur n'est pas un monde sans musique, mais l'inverse, un monde sans silence. Un infini saturé de ritournelles et de rondos, c'est une image de l'enfer assez repoussante pour que j'essaie une autre solution assez paradoxale, qui a consisté à ne plus m'absorber dans ces états musicaux sans tenter de les traduire, de les mettre en œuvre pour les redonner à la réalité afin de m'en départir. C'est pour cela que je ne retombe plus dans ces états de transe musicale qu'avec une irritation qui se change en colère contre moi-même, comme un drogué qui retomberait dans son vice. Dans ce monde que je redécouvre, moins il y a de perfection, plus c'est beau et plus je me sens libre d'y vivre. Je sais maintenant que seul importe le raccord d'un geste à un autre, d'une pensée à une autre, et que toute beauté n'existe que pour former ce lien, pour élargir l'instant où s'étend devant moi un moment qui en promet un autre, comme un matin promet une journée. Grâce de la transition, seul véritable héritage de mon père, qui a su mourir en laissant toute la place à ce qui venait après lui.

Je pense à tout cela, les yeux levés de mon journal, revenant à mon matin tranquille, me tournant vers la lumière qui commence à envahir la cuisine et vers Pascale, qui vient de se réveiller, me tirant de ces élucubrations en passant près de moi sans dire un mot. Son frôlement m'a ramené ici, en ce moment, au beau milieu de la salle à manger. Pascale. Je ne peux m'empêcher de la trouver belle, avec son air fripé et son odeur de sommeil. À force de la regarder, je finis par confondre les époques de nos vies et je me demande si, quand on aime quelqu'un depuis longtemps, il est possible de faire la différence entre cette personne et les moments où l'on a ressenti qu'on l'a aimée : est-ce cette personne ou ces moments-là que l'on aime ? Moments qui ne sont plus à présent que des peaux séchées par le temps et dont on se départit comme Pascale laisse tomber son peignoir pour entrer sous la douche. Pascale est un pur passage du temps qui se dévêt continuellement de ses formes. Une chose m'apparaît certaine : avec elle, ce n'est pas le matin que ces moments de durée pure apparaissent, mais le soir, quand la lumière disparaît et que ses yeux deviennent d'un seul coup profonds et fixes comme ceux d'un chat.

Avec elle, c'est précisément le soir, oui, tard le soir, que ça s'était manifesté pour la première fois. Je venais tout juste de la rencontrer et quelque chose m'inquiétait que je n'aurais su nommer. Une lassitude de nos corps nous avait poussés à faire diversion en projetant de cuisiner une tarte aux pommes. Sur-le-champ, je m'étais improvisé spécialiste de la tarte aux pommes, « et même de la tarte tatin », avais-je claironné. Après tous les préparatifs, interminables, qui s'exécutèrent comme en une sorte de pas de danse sur le plancher de la minuscule cuisine, après la cuisson qui décidément ne voulait pas finir, nous avions enfin pu goûter à cette fameuse tarte, prétexte pour passer plus de temps ensemble à faire quelque chose d'inutile. Mais, en ingérant le beurre et la farine, il nous avait fallu admettre l'évidence : ma tarte était indigeste. Pascale avait aussitôt contourné le problème en soulevant la tarte avec élégance, comme une serveuse d'un grand restaurant. Elle m'avait fait signe de la suivre à travers les escaliers infects jusque sur le toit de l'immeuble et, en fermant les yeux, avait lancé la tarte dans les airs. Quatorze étages plus bas, pouvait-on reconnaître la forme d'une tarte ? J'avais ri un moment, peut-être par nervosité (Allait-elle se jeter en bas de l'immeuble ? Tout semblait possible). Sans trop comprendre, je m'étais arrêté net, puis j'avais levé les yeux. D'où l'on était sur ce toit, on voyait très bien la ville, les lignes toutes droites des lampadaires et des néons qui bordaient les rues. J'étais bien en Amérique, pas de doute. Il y avait quelque chose d'absurde à exulter ainsi pour rien sur le toit d'un immeuble pendant que tout se poursuivait ailleurs. Mais en fait c'était nous qui étions ailleurs, oui, convulsivement ailleurs et continuellement hors de nous-mêmes. Avec le temps, ces soubresauts avaient fait place à un plus grand calme entre nous, mais Pascale menaçait d'exploser à tout moment, ce qui m'effrayait et me séduisait à la fois, comme fascine et dérange ce qui reste en dormance tout en risquant d'éclater l'instant d'après.

Tiré une fois de plus de ma rêverie, laissant Pascale à son long réveil, j'allais m'habiller pour sortir quand on avait sonné à la porte. En ouvrant, je suis inondé par toute cette lumière qui baigne mon balcon. C'est tout bonnement le facteur. Je ne peux m'empêcher de remarquer son uniforme noir, son long visage maigre et son menton rentré qui lui donnent l'air d'un cormoran au repos sur la berge. Même le facteur fait partie du jeu des masques et des changements de décor à vue qui ne cessent de s'opérer sous mon nez et jusque sur mon balcon. Les hommes sont des oiseaux qui ont oublié l'appel des airs.

Oui, oui, c'est bien moi, je signe là et là, merci beaucoup, bonne journée. La porte se referme et je retourne dans ma caverne. Je ne reçois jamais de courrier recommandé. Gnagnagna, gnagnagna, hmm, hmm, formules de politesse, banalités, puis il y a ces mots : *Je sais, ça semble un peu absurde de t'écrire maintenant. Nous ne nous sommes pas parlé depuis des années. Mais je dois absolument te proposer un projet. J'étais là, mardi dernier à la cathédrale, et j'ai trouvé ta musique fabuleuse. Voudrais-tu composer quelque chose pour la pièce de théâtre que je monte l'hiver prochain ? Je suis en Europe en ce moment, mais je serai au café coin Marie-Anne et Saint-André, jeudi le 9 à neuf heures trente. J'espère que tu y seras.*

C'est signé « Catherine ». Je rouvre aussitôt la porte, d'un seul coup, violemment. Il n'y a évidemment personne. Mais en m'asseyant sur les marches parmi les flaques de lumière sur le balcon, tout me revient comme si rien ne s'était passé depuis vingt ans.

J'avais changé d'école cinq ou six fois et j'avais fini par aboutir sur ces bancs de bois, faits assez en longueur pour accueillir deux petites personnes, comme dans les anciennes salles de classe. Il y avait sur les bureaux une place réservée à l'encrier, même si l'on ne se servait plus depuis longtemps de la plume et de l'encre en flacon. Cet encrier fantôme me rassurait, il était la preuve que beaucoup d'autres étaient passés par ici avant moi (on pouvait même lire leurs noms gravés dans le bois des chaises). C'était ma première rencontre avec les traces des fantômes de ceux qui nous ont précédés et que j'ai depuis appris à connaître mieux.

Quand était arrivée cette première journée, j'étais resté sans mouvement, prostré sur le seuil de la salle de classe, ne sachant si j'allais entrer en pleurant ou me mettre à courir dans n'importe quelle direction. On m'avait présenté (« C'est votre nouvel ami, il vient de Pologne et il s'appelle Samuel »), les autres m'avaient salué en chœur. La chorégraphie était bien réglée. Puis, tout s'était interrompu dans un long ralenti. J'ai vu — non, plutôt: mon regard avait trouvé de lui-même, comme lorsque, sans trop savoir pourquoi, on se tourne et regarde droit dans les yeux de celui qui nous observait depuis un bon moment déjà, on le sait bien. Oui, c'est à peu près de cette façon que ça s'était passé, je n'avais pas vu Cela en entrant dans la classe, mais c'était Cela qui m'avait aperçu et qui me regardait depuis longtemps, bien avant la grande migration, avant même la Pologne et ma naissance. Cela que j'allais chercher dorénavant comme le regard même des dieux en ce monde, comme la lumière d'un matin que je ne vivrais jamais plus — Cela m'avait sorti d'un seul coup de ma torpeur de petit garçon, mais m'avait jeté dans une hébétude plus grande encore. Le mur du fond de la classe irradiait d'une intense lumière démultipliée par tous les carreaux des fenêtres. Le mur crachait de la lumière par toutes ses bouches en même temps, comme ces dieux sculptés dans les fontaines qui laissent jaillir à travers leur bouche une eau cristalline et continue. Cela, c'était un débit continu des images se déversant dans notre monde, c'était la présence même rendue possible par deux yeux d'enfant, c'était l'ample certitude que même en mourant nos corps seraient absorbés par cette lumière et qu'il n'y aurait aucun reste. Qu'ils pourraient se prendre à loisir pour des oies sans que rien ne les rappelle à l'ordre. Transmigration des corps et des restes fondus en un seul faisceau. Trop de lumière pointée sur un œil et qui le transperce.

Cela n'avait duré qu'un instant et il m'avait bien fallu comme toujours revenir à moi-même. Pour me déplacer de mon seuil, on m'avait fait avancer dans l'allée des bureaux. Je n'avais pas résisté, mais comme je ne connaissais aucun visage, je n'étais pas enclin à me laisser entraîner n'importe où. Et le hasard avait fait en sorte que l'on me dépose bien gentiment à la seule place encore libre, juste à côté d'elle. Pour dissiper la gêne, la maîtresse nous avait fait réciter « Petit escargot », une comptine dont je me souviens encore par cœur. Puis elle nous avait donné des crayons de cire qui sentaient très bon, comme une pâtisserie qui ne se mangeait pas, et nous avions dessiné. Je ne savais pas quoi ni comment dessiner. Mon regard allait dans toutes les directions, puis s'était immobilisé, et je m'étais demandé ce qu'elle écrivait, juste là dans le blanc de la page au milieu de sa feuille, qui ressemblait à des lettres. Cherchait-elle à me dire quelque chose en langage codé ?

— Non, non, c'est seulement du gazon, avait-elle répondu en continuant à dessiner sans lever la tête, avec une sorte d'indifférence que je ne savais pas interpréter.

Plus tard, je ne sais plus quand exactement, dans la cour d'école, aux jeux de la récréation du matin, il neigeait doucement pendant que nous criions sans raison dans le jaune et gris de la lumière d'hiver. La neige rendait nos mouvements imprécis et pénibles, mais nous jouions quand même comme jouent tous les enfants, furieusement. Dans la mêlée toute confuse, un faux mouvement avait fait en sorte que je reçoive directement sur le tibia l'une de ses bottes carrées qui paraissaient faites exprès pour casser des tibias. J'étais entré aussitôt dans une colère aussi ridicule que démesurée. Toute la classe s'était jetée sur moi pour ne pas que je lui rende son coup de pied. Je n'aurais su en dire la raison, et je ne saurais non plus la dire aujourd'hui, mais en crachant par terre dans la blancheur lisse de la neige, je me savais très heureux de cette scène dans laquelle je m'étais pourtant ridiculisé aux yeux de tous. Étranges jeux du désir qui nous font agir comme des abrutis dès notre plus jeune âge.

Je me souviens aussi de la première communion, dans la sacristie, personne ne savait quoi faire exactement et tous tournaient en rond parmi les parents de nos amis que nous ne connaissions pas. Nous étions assez mal à l'aise de nous voir les uns les autres ainsi endimanchés pour une cérémonie à laquelle nous ne comprenions rien. Mon père se tenait tout droit et embrassait avec sévérité la scène d'un regard surplombant, un peu à l'écart, pour ne pas gêner les jeux d'enfants. Je ressentis une espèce de honte que je ne pouvais cacher et dont la raison m'était inconnue, mais il me fallait le faire : je pris mon père par le bras et je le conduisis parmi les enfants, juste en dessous du vitrail qui représentait la colombe descendue du ciel pour le baptême céleste. En montrant du doigt une jeune fille toute blanche et blonde qui improvisait maladroitement des pas de ballerine sur la pierre de l'église, j'avais dit tout bas à son oreille qui se penchait vers moi : « Regarde, c'est elle. »

C'était Catherine. Plus tard, tout se mélange, je ne sais plus ce qu'elle devient exactement, non parce qu'avec l'âge vient la distance, mais au contraire parce qu'elles étaient trop proches et que je ne savais plus distinguer les femmes les unes des autres. Je ne pouvais plus les regarder sans comprendre tout de suite, seulement à leur réaction, qu'elles savaient qu'il me fallait, pour tourner mes yeux vers elles, rentrer en moi une petite honte. Je me vengeais dans ce matin d'hiver en embrassant un corps qui n'avait pas de nom et qui se trouvait par hasard dans mes bras, et c'est comme si je mordais la toute première, mais ça n'avait plus aucune importance. Images de la pénombre. Ici, la lumière ne vient que de loin.

Puis il y avait eu cette mauvaise pièce de théâtre. De la voir toute nue sur la scène, faire des minauderies à un sale personnage, ou encore coucher avec celui qui était censé être son frère, dans toutes ces téléséries où elle jouait parfaitement faux pour plaire au réalisateur et au public. Tout cela m'avait dégoûté d'elle, de l'art, du théâtre, du cinéma et des images. Tout était passé, s'était engouffré dans le grand moulin à viande qui finit par nous broyer tous, et la vie s'était transformée en autre chose à force de coups de moulinette que donnent les époques de nos vies. Est-ce que, quand on donne un trop grand coup, il se peut que l'on se retrouve dans une autre vie ?

Mais je suis quand même allé au rendez-vous que Catherine m'avait donné dans sa lettre, la tentation était trop forte. « Ce que représentent les vitraux que l'on voit de l'autre côté de la rue, qu'importe, l'essentiel est qu'ils laissent passer la lumière, non ? » C'est l'exemple que j'ai pris pour lui expliquer la quantité de silences que ma pièce de musique contenait. Très tôt notre entretien a pris un tour métaphysique, qui dans mon cas ressemble souvent à une manière de m'empêcher de passer aux aveux d'un grand sentiment dégoulinant et profond. Ce n'est qu'une fois assis en face d'elle que j'ai compris pourquoi j'étais venu à ce rendez-vous qu'elle m'avait donné coin Marie-Anne et Saint-André : c'était simplement pour laisser les métamorphoses me faire un nouveau signe, pour laisser le temps me parler directement à travers la voix de Catherine que je ne reconnaissais plus.

Elle sautillait maladroitement sur sa chaise et la table à café en était toute vibrante. Ce mouvement se répercutait dans nos tasses, où il y avait sans cesse des ronds de café mimant ceux d'un lac véritable. Je m'étais dit que ce n'était pas ce qu'elle voulait, que forcément ça ne serait jamais ce qu'elle voudrait et que l'on répond à des commandes expressément pour se faire dire qu'on n'y répond pas. « Tu sais, au théâtre, le silence c'est la musique et les paroles qui doivent lui donner une forme, pas l'inverse. Si on ne voit rien et qu'on ne comprend pas bien au premier regard, ça ne vaut rien. Comprends-tu ? Il faut voir, il faut que ce soit là devant nous immédiatement. » C'était peut-être pour cela que je détestais autant le théâtre, aucune subtilité, tout devait être montré.

Cette commande d'une œuvre musicale pour sa prochaine pièce m'exaspérait. J'avais eu envie tout bêtement de l'envoyer paître, comme ça, gratuitement, mais on ne dit pas ce genre de choses à celle qui est censée avoir été l'inspiratrice secrète de votre vie depuis votre enfance. J'avais préféré reprendre mon exemple des vitraux, que nous apercevions d'où nous étions assis, à notre table du café qui donnait sur la petite place de l'église. Ils paraissaient très récents, taillés dans du verre égal, lustré, bien épais et à l'épreuve de l'hiver. Le vitrail principal représentait un homme en blanc, vu de dos, qui regardait couler une rivière devant lui. Autour de cette pièce massive de verre, taillée grossièrement (comme si tout cela avait été fabriqué par un enfant géant et maladroit, mais auquel on pardonnait sa poésie naïve parce qu'il n'avait pas encore l'âge de raison), il y avait d'autres petits morceaux qui représentaient le même homme dans différentes situations : à cheval (ou est-ce un âne ?) parmi la foule, à genoux devant une grande coupe qui flottait dans le vide. L'entrée à Jérusalem et Gethsémani. Scènes d'une légende à laquelle ne croyait apparemment plus personne. Mais ce n'était pas la légende qui importait, ni les différentes scènes, mais le fait de croire que la vie d'un homme puisse ressembler à une histoire. J'avais prononcé ces mots très lentement en me retournant vers elle (et c'est à ce moment-là que je m'étais rappelé que ses yeux étaient découpés dans du verre bleu) et j'avais ajouté que cela n'importait pas le moins du monde que les dessins soient grossiers, que les poses des personnages soient caricaturales et leurs vêtements trop blancs et leurs têtes toujours auréolées. Nous qui les regardions étions déjà assez mal dégrossis, inutile d'en rajouter : les images devaient être plus belles que nous, c'était leur raison d'être, sinon il fallait les briser.

J'avais alors arrêté net mon explication. J'avais eu envie de l'embrasser tant le vitré de ses yeux reflétait bien la lumière douce du petit café. Mais que je m'arrête, cela semblait l'avoir secouée, puis elle avait quitté sa fixité de vitrail et s'était remise à vivre sa vie d'aujourd'hui, d'actrice moyenne mais « quand même reconnue par le milieu ». Elle avait l'air de nouveau vieille et voûtée, l'ombre d'elle-même.

— Tu sais, je ne suis plus seulement une actrice. Maintenant, je produis aussi, j'aide des artistes qui veulent se lancer, je les protège contre ce milieu de fous.

En entrant dans le café, je l'avais cherchée du regard, et j'avoue ne pas l'avoir reconnue — comment reconnaître un visage aussi usé et qui s'était changé en une infinité d'autres personnages, au point où il était devenu aussi figé qu'un masque ? On aurait dit qu'à force d'essayer de se substituer aux métamorphoses qui œuvrent toutes seules dans nos vies, elle avait été punie, et que les puissances du changement avaient fini par se venger en bloquant le temps à cet âge ingrat où le visage commence à perdre de sa souplesse et se distend, pour se figer dans une seule, simple et mortelle identité. C'est ce qui est étrange quand on regarde un cadavre: le visage n'a plus de futur, on ne sent plus en lui la possibilité qu'il se transforme encore, masque posé sur la lumière. Peut-être pour rester bien vivant fallait-il se laisser porter par la transformation perpétuelle des choses et ne jamais tenter de dévier leur cours. Ce que les autres perçoivent comme étant nous-mêmes est en réalité le potentiel de changement que notre visage laisse entrevoir et qui fait en sorte que nous ne nous ressemblons plus lorsque nous perdons cette possibilité d'être autre chose.

En regardant Catherine, je ne remarquais rien, seulement qu'elle avait des yeux immenses, et, en l'observant un peu plus longuement, qu'elle avait aussi des trous d'oreilles assez larges et des narines incroyablement vastes. Tellement qu'il semblait y avoir beaucoup plus de vide que de plein dans son visage. Elle avait tellement changé qu'il ne devait plus y avoir beaucoup de transformations entre elle et sa mort prochaine malgré son jeune âge. Mais quand elle s'était mise à parler, sa voix était si fragile qu'elle m'avait semblé provenir moins de ses organes vocaux que de la vibration d'une peau pouvant se rompre à tout instant, comme un masque de pâte à modeler étalée sur un crâne de plastique. En l'écoutant, je ne l'écoutais plus, mais je me rendais compte à quel point ce qu'on appelle un humain est beaucoup plus un vide rendu visible grâce à la peau que le contraire. « Qu'est-ce qu'il y a derrière cette peau ? » me demandais-je en la regardant. Je la revoyais seul une première fois et vlan ! tout de suite mes questions la traversaient. Au contraire, en regardant Pascale pendant toutes ces années, je ne m'étais jamais demandé ce qu'il y avait derrière sa peau. Avec elle, il n'y avait pas de rôle, parce que le temps se chargeait de nous en donner perpétuellement de nouveaux.

C'était exactement cela qui me mettait hors de moi dans tout ce théâtre qui essayait de jouer la partition du réel en y réussissant presque. Mais j'avais quand même fini par sourire à Catherine et je m'étais quand même assis avec elle en tâchant de ne pas être trop désagréable. Elle avait toujours eu le dos voûté, mais maintenant, elle penchait tellement vers l'avant qu'elle ressemblait plutôt à une grue prête à plonger son grand bec dans une mare pour en ressortir une grenouille toute gluante et encore remuante. J'avais eu l'impression un instant qu'elle allait se pencher vers la salière et le cendrier pour y trouver de minuscules poissons qu'elle avalerait tout rond.

— Je n'ai jamais fait de musique pour le théâtre, mais je sais que c'est impossible pour moi de comprendre une partition sans me conter une histoire, qui finit toujours par ressembler à une petite pièce de théâtre. Mais en fait d'histoire, il s'agit plutôt d'une suite d'images qui se baladent les unes à la suite des autres sans trop de cohérence. Ça m'aide à jouer, à comprendre les notes et à en faire une suite jouable. (Est-ce bien moi qui parle ainsi, en agitant nerveusement une cuiller dans un café que je ne boirai pas ?) Depuis tout petit je joue comme ça. C'est pourquoi je me suis dit qu'il fallait un jour que j'écrive de la musique pour le théâtre, juste pour montrer cette manière de jouer, et même si ça revient à me lancer à corps perdu dans tout ce que je déteste. C'est une manière de régler mes comptes avec tout cela, avec le théâtre et puis avec l'art tout court, de le traverser pour m'en débarrasser une fois pour toutes. Donc, oui, j'accepte de t'écrire une petite composition, mais à condition que tu me laisses raconter l'histoire à ma façon. Au début, ça te semblera tout mélangé, mais fais-moi confiance, tu finiras par comprendre.

Suicide parmi les fougères

Pendant que Pascale travaillait, penchée sur son ordinateur qu'elle semblait couvrir de tout son corps, à la manière des sternes qui cachent ainsi leur nid, elle ne m'avait pas vu sortir à l'arrière du chalet, et c'était très bien ainsi. C'était justement pour avoir de l'espace et du silence que nous avions loué cette baraque dans une île sur un bord de mer au Nouveau-Brunswick. Pour qu'elle vienne à bout du récit qu'elle écrivait et moi de ma partition, chacun de son côté, sans trop se parler, mais sachant que l'autre était là, tout près. Elle avait beau être écrivaine depuis presque une décennie et avoir vécu tout ce qu'il fallait pour me venir en aide, rien n'y faisait, le combat de l'ange qui se déroulait en moi devait être mené par moi seul. Il n'y avait que moi qui devais me débrouiller avec ce tiraillement qui m'avait été légué : la forme artistique ou le réel. Pascale n'y pouvait rien, même si elle connaissait tout cela par cœur. Je découvrais par contre une chose étrange : c'était en fuyant une chose que je la retrouvais dans son opposé, je devais oublier la musique pour que le réel me soit redonné comme la forme d'art supérieure. Pascale m'ouvrait alors les bras, non parce qu'elle était plus « réelle » que moi, gardienne d'une innocence imaginaire, mais au contraire parce qu'elle reconnaissait en moi un frère, un compagnon, un tordu revenu vers elle au bout de ses pensées.

En dévalant la pente qui menait à la mer, je pensai que tous les prétextes m'avaient toujours été bons pour m'isoler très loin des autres, pour autant que Pascale me prête son silence. Est-ce par courage ou par lâcheté, est-ce que je fuyais ou est-ce que je faisais face en me coupant ainsi du monde ? Sur le quai dans la petite baie, il n'y avait presque aucune vague, seulement de grandes ondulations lisses à la surface, ce que Pascale appelait de « l'eau molle ». Le jaune brûlé que reflétait l'eau molle donnait l'impression que la mer s'était changée soudainement en une nappe d'huile flambant sous l'effet de la chaleur. Dans cet éclairage d'un matin paresseux, je m'étais jeté à l'eau d'un seul élan, sans aucune grâce et sans souci d'en avoir, me concentrant seulement sur les bulles d'air qui longeaient ma peau.

En nageant, la tête hors de l'eau, je jouais à contourner les amas de pollen qui s'amoncelaient à la surface comme de minuscules châteaux de fibres. En cette saison, l'air charriait une telle quantité de pollen que c'était comme s'il neigeait tellement tout était plein de flocons et de silence. Je me souviens qu'en marchant sous les flocons en hiver, je m'étais arrêté, stupéfait de découvrir que les petits plissements de cristaux qui cliquetaient dans mes oreilles étaient dus au bruit de la neige qui tombait. Est-ce que le pollen faisait le même bruit en s'échouant à la surface de l'eau ? Grâce de l'infime, le silence se décompose à l'infini comme un atome faussement indivisible.

Un pied planté dans le fond de la mer comme un pieu de clôture et la tête émergeant de l'eau, je m'exerçais à discerner le bruit de ma respiration de celui du pollen entrant en contact avec la surface liquide. Mon oreille tout près de l'eau pouvait entendre ces bruissements beaucoup plus musicaux que toute musique humaine. Un froissement d'air m'avait tiré de ma torpeur : à quelques mètres, sur la berge et sous les arbrisseaux, une maubèche s'ébrouait, secouant ses ailes parsemées de gouttelettes dans le peu d'eau qu'il lui fallait pour supporter l'immense chaleur. Une apparition trouant le silence, événement gracieux et furtif que seuls les oiseaux peuvent donner à voir par leurs fines présences, messagers d'un invisible manifesté.

•

Comment comparer cette épiphanie à ma misérable musique ? Revenu à mon travail, il y avait déjà plusieurs heures que je pestais sur mon clavier, à tester des accords, à moduler des effets. Dans la pièce d'à côté, Pascale était entrée dans l'un de ses longs moments de fixité : comme un chat, elle regardait par la fenêtre, sans remuer les cils. Dehors, la lumière voilée de l'automne se balançait comme de grandes vagues dans un immense aquarium. Chaque année, la même impression revient dès que l'automne arrive : que la terre reste là, sans presque se mouvoir, et que les dieux nous abandonnent, se retirent progressivement, mouvement d'invisibilité, pendant que se referme le lourd couvercle du ciel.

Mais au milieu de mes notes, une nuée de cris disgracieux m'avait sorti de cette torpeur : avant de nous quitter, les dieux nous avaient envoyé leurs messagers. Impossible de ne pas aller à la rencontre des outardes étalées dans la baie, de ne pas frissonner, comme à tous leurs passages, de ce sentiment d'incompréhensible qui les accompagnait. Il me semblait en les regardant traverser le ciel voir une forme de vie très ancienne qui menaçait de perdurer encore. Leurs ventres ronds et leurs ailes brunes ressemblaient à un design préhistorique avec lequel je me sentais en accord immédiat. Je voulais durer avec elles. Je voulais moi aussi faire migrer dans l'avenir ma carcasse discordante. Ces oiseaux n'étaient pas des dieux, mais des présences pures qui annonçaient une possibilité d'un autre temps, d'un autre espace — froissements d'une matière légère ayant pris forme un instant pour être chiffonnée et recréée l'instant d'après, clignotements d'être se manifestant à nous comme des aperçus de ce que sont les anges. Oui, c'était Cela qui se montrait de nouveau dans le battement sec de leurs ailes, Cela que j'appelle « les dieux », « les présences » et que j'avais rencontré dès mon enfance comme la lumière du réel le plus pur entrevu un instant et ouvert, étalé au grand jour, ruisselant d'être et jaillissant de formes. C'était bien sûr Cela qui manquait à l'art. Cette présence qui dépasse l'ordinaire pour le transfigurer, la possibilité d'être happé dans un pli du temps ou englouti dans l'espace et redonné à l'existence refondu à l'identique, mais pourtant entièrement changé.

Voilà pourquoi je n'arrivais à rien avec ma partition, sur laquelle je peinais depuis des semaines. « Sans entrailles », m'accusais-je, trop facilement. Mes petits bouts de riens alignés auraient pu se replacer dans un ensemble plus vaste. Mais je m'y refusais. La partition s'y refusait. C'était bien autre chose qu'elle voulait. Cette autre chose me semblait sans cesse extérieure à mon travail, et lorsque je lui obéissais, je quittais aussitôt ma table d'écriture. La musique, si je l'écoutais, m'éjectait de l'art et des affaires humaines pour m'amener, à tous les coups, du côté des divinités végétales et animales qui peuplaient l'espace tout près de moi, juste à mes côtés. J'étais habité par des présences que je ne connaissais pas, des volontés d'un autre monde qu'il me fallait affronter.

Je sortis donc encore une fois, sans savoir où j'allais, marchant au hasard sur le terrain, déracinant des champignons du pied. À grands coups de hache, je commençai à débiter la corde de peuplier qui accumulait les moisissures des trois derniers automnes. Au bout de quelques heures d'acharnement, je ressentis un engourdissement des muscles suivi d'une légère ivresse, peut-être due à l'endorphine. Machinalement, je continuai mon travail patient, rigoureux. Je fendais le bois comme l'avaient fait des dizaines d'hommes avant moi sur cette grosse bûche sans âge, sur ce terrain plusieurs fois centenaire. À force de les répéter, je sentis dans mes gestes à quel point ils étaient anciens. Ils venaient d'un autre temps, de très loin derrière moi. Je levais la hache au ciel, en m'accroupissant soudainement pour transférer toute la force à mes épaules et à mes bras afin de fendre d'un coup sec ce vieux bois humide et rongé de l'intérieur par des champignons odoriférants.

Et soudain, ces gestes n'étaient plus les miens, ils s'enchaînaient tout seuls. Comme les oies, j'exécutais une chorégraphie qui me dépassait et qui, paradoxalement, me rendait moi-même. Je n'étais plus seul, je le sentis très distinctement. Des présences qui dormaient dans le paysage se rappelaient au jour et me regardaient exécuter leur ancienne danse du mieux que je le pouvais. Tous ces morts étaient encore là. Ils n'étaient pas disparus, ces vieux bûcherons et draveurs que mes ancêtres de Pologne auraient reconnus mieux que moi — ils m'observaient pour savoir si j'avais l'étoffe d'être un des leurs, moi, un fils d'ailleurs. Par leurs mimiques, ils approuvaient telle position, réprouvaient telle autre. Mes gestes étaient précédés de ceux de mille hommes que je ne connaissais pas, morts depuis longtemps, mais qui faisaient en sorte que j'étais soudain entré en moi, devenu moi-même, Polonais ou pas, cela n'avait aucune importance. Puis tout est devenu clair: c'était cela que voulait ma partition, donner une voix à ces morts-là, faire chanter ceux qui, annoncés par les messagers ailés, se tenaient invisibles dans les replis du temps et qui ne demandaient qu'à entrer de nouveau dans la lumière. Sans eux, ma musique n'avait aucune valeur. J'étais beaucoup trop faible pour faire vivre quoi que ce soit par moi-même. Je rentrai, sidéré. Près du feu, j'étais sans voix. Pascale me regardait depuis un moment déjà, sans bouger. Me laisser faire, me laisser prendre des poses et me laisser lutter contre ces forces qu'elle semblait si bien connaître. Quand mon regard avait bifurqué vers le sien, elle avait souri, déposé son verre de vin sur la petite table, puis dégrafé un à un les boutons de sa chemise.

J'ai longtemps eu de la difficulté à imaginer la chair des femmes sans enluminures. Peut-être la stupéfaction du dévoilement m'a-t-elle empêché de voir un corps pour ce qu'il est, sans toutes ces dorures que j'emprunte à Raphaël et que je pose en imagination sur les seins de Pascale pour voiler leur lumière, la faire dévier, en amplifier l'éclat. Devant la boîte à crayons, enfant, je salivais d'une envie de manger les couleurs vives, le rouge, le jaune. Mais face à la majesté des trois couleurs augustes, le bronze, l'argent et l'or, je devenais ridicule et solennel. Je ne les dérangeais de leur emplacement dans la petite boîte qu'avec grande cérémonie. Ces couleurs ressemblaient à des cardinaux recueillis qui ne se levaient de leur siège que pour un office important, au son d'un grand orgue imaginaire. J'entendais le clapet de l'instrument s'ouvrir et se fermer dans les longs tuyaux auxquels ressemblaient les crayons dans leur boîte.

La majesté que m'inspiraient ces couleurs, je ne l'avais retrouvée que dans la petite église de ce village du Nouveau-

Brunswick où j'aimais bien demeurer en silence et dont jamais personne ne passait la porte massive de bois, toujours ouverte. Ce n'était pas pour prier, non, je ne priais pas. C'était pour imaginer toutes les cérémonies qui devaient avoir eu lieu là, sur les pierres usées du plancher, depuis des siècles, c'était pour entendre résonner toutes les paroles qui y avaient été prononcées, pleines d'un français rugueux et vibrant. Ce n'étaient pas les pierres qui tenaient l'édifice debout, mais les voix inaudibles qui formaient un lieu en parlant toutes en même temps. C'est ce que j'aurais voulu mettre en musique, ce concert ininterrompu et muet. Je voulais donner aux voix dormantes une église invisible, je voulais que ma parole soit habitée de présences qui la dépassaient infiniment. Ma musique n'avait aucune valeur en elle-même et n'était qu'un piège où venaient se prendre les anges, que je relâchais aussitôt pour qu'ils me montrent le chemin des airs.

Pendant tout ce temps, je n'avais guère porté attention à Pascale, qui était pourtant sans cesse à mes côtés, s'allongeant comme la durée sur un canapé que l'usure aurait fondu dans le décor. Je ne me rendais pas encore clairement compte de l'importance de son silence dans mon équilibre, de son calme pouvoir sur ma nervosité. Elle se promenait tout le jour sur les battures et écrivait le soir et la nuit, me laissant à mes élucubrations sans pour autant m'abandonner. C'était ma compagne, avec qui je partageais ma presque absence au monde des hommes. Je n'avais pas encore compris que c'étaient les fines nervures de sa présence qui me retenaient ici-bas comme un filet à peine perceptible et que c'était elle qui avait absorbé ma tentation de léguer tous ces problèmes au néant.

Sur ma table, il y avait encore et toujours mes partitions, que j'avais délaissées un moment. La porte grande ouverte ressemblait à un cadre enfermant le bleu de la mer. C'est par cette porte que j'étais sorti ce matin-là pour me promener, tuque sur la tête à la fin d'un mois de septembre anormalement froid, mais qui parvenait quand même à se réchauffer lorsqu'on restait immobile au soleil. Puis il y avait cette lumière toute blanche qui avait éclaté dans ma tête et sur les battures. Il était midi.

•

Pascale était sortie se délasser parmi les herbes géantes qui bordaient le rivage. Je l'avais imaginée se laisser endormir par le chuchotement des vagues. Un moment, je m'étais senti inquiet. Incapable de rester en place, il m'avait fallu partir à sa rencontre. Je l'avais trouvée somnolente, allongée sur la grève, les yeux mi-clos, soupirant : « Écoute, c'est calme. » Rassuré, j'étais rentré tranquillement en mâchant une pomme trop sûre. Je n'avais rien vu, je n'avais rien compris. Je lui avais seulement mis un bonnet sur la tête pour la protéger du soleil, mais ce petit geste ne la protégerait pas d'elle-même. De la petite fenêtre d'où je l'observais, je la vois encore se lever péniblement, en titubant. Elle longeait lentement le rivage, se dirigeait vers la petite maison, incapable de tenir une ligne droite (« Merde, le soleil »). Elle avait franchi le seuil de la porte comme un obstacle très difficile, sans un mot était allée se coucher dans le vieux lit de métal. « Ne t'inquiète pas, de toute façon je m'en vais. »

Pourquoi avais-je mis autant de temps à comprendre une chose aussi simple, pourquoi avait-il fallu que j'aille voir sur place la bouteille de plastique vide, que la panique mette autant de temps à s'emparer de moi ? Elle avait cédé aux fougères géantes qui lui avaient intimé l'ordre de s'enfoncer dans leur terreau, au creux de leurs longs bras, et de se fondre dans les mondes qui s'entassaient à la surface de la terre. Elle avait voulu se laisser moudre par des forces qui savaient mieux qu'elle ce qu'il fallait faire de sa vie. En avalant le contenu de cette bouteille, elle s'était laissé avaler par les forces de la terre qui, sans moi, l'auraient engloutie, broyée et rejetée à la mer sans laisser de traces.

D'un seul coup, tout avait basculé encore une fois dans une mauvaise pièce de théâtre. Quelqu'un avait pris possession de moi, s'était arrangé avec tout ça, avait couru chercher un voisin, qui nous avait menés en tracteur à l'hôpital le plus proche («Je vous en supplie, aucune question»). Le voisin n'avait posé aucune question. Dans la petite pièce blanche où je m'étais retrouvé seul avec des sièges vides, un réflexe brutal: j'avais martelé le mur de stuc d'une série de coups de poing aussi stupides qu'inutiles. «Tit-homme, calme-toé», m'avait fait avec son accent acadien la grosse infirmière en me prenant par les épaules pour me rasseoir. Docile, je m'étais assis.

J'étais resté seul au chalet pendant quelques jours à tourner en rond, à ramasser des feuilles mortes sur le terrain, à *varnousser* comme disaient les gens de l'île, c'est-à-dire ne rien faire en faisant semblant de faire quelque chose, pour s'occuper. Un après-midi, j'avais écouté longuement les cris de deux corneilles se répondre d'arbre en arbre, l'une bien visible et l'autre semblant très loin. Le paysage m'avait semblé creux, comme une pièce vide. Les dieux ne s'exprimaient plus que par des croassements lugubres. À moins que ces froissements de métal ne soient leur véritable langage?

La voix de Pascale au téléphone était étrangement joyeuse, c'était incompréhensible. Les gens s'occupaient très bien d'elle. Elle réfléchissait beaucoup, non, elle n'était inquiète de rien. Seulement très calme. Les voix de femmes au téléphone. Dans le vide du monde, le chuintement d'une voix, le creux d'un souffle. Au détour d'une phrase de Pascale, qui soupirait beaucoup, tout était demeuré un instant suspendu : sa voix s'était confondue sans prévenir avec celle de cette autre qui voulait ma partition, Catherine. Cela avait été plus fort que moi, tout était remonté, la suture qui séparait mes amours successives avait cédé.

À cette époque, elle vivait dans l'une de ces tours d'habitation où tout était trop propre et sentait le neuf. Du stationnement, juste au bord de la falaise, on voyait très bien la ville étendre ses points lumineux à perte de vue. Nous n'avions pas prononcé un seul mot en entrant dans l'immeuble, et sans prévenir nous avions évité l'ascenseur pour prendre les escaliers, je ne sais pourquoi, comme ça, pour improviser un jeu stupide. Elle habitait au neuvième étage, mais le jeu qui s'était saisi de nous avait fait en sorte que nous avions débouché un étage plus bas, où il y avait encore des appartements vides qui sentaient le neuf à plein nez. Par hasard, la porte de l'un de ces appartements était entrouverte, et, comme si c'était chez nous, nous y étions entrés le plus simplement du monde, comme au retour d'une journée de travail. Il n'y avait pas encore de lampes installées, mais l'éclairage aquarium de l'immeuble d'en face suffisait. Il n'y avait pas de portemanteau, nous avions donc tout déposé par terre, sur la moquette, sans réfléchir : nos manteaux, nos bottes et, pourquoi pas, nos chemises aussi, nos pantalons et nos sous-vêtements. Dans l'immense pièce vide, où tout était trop propre, tout résonnait trop fort, son souffle et ses mots inarticulés.

Les chuintements des voix au téléphone se ressemblent comme toutes les inflexions de voix intimes, c'est l'espèce qui parle en nous dans ces moments où tout se libère. En raccrochant, Pascale m'avait ramené à ma situation présente : seul dans une petite île au Nouveau-Brunswick pendant qu'elle demeurait à l'hôpital pour encore quelques jours. Au dehors, il ventait constamment, comme s'il faisait tempête, alors qu'un plein soleil régnait sur les battures. En me promenant au bord de cette mer inhospitalière, le vent était si fort qu'il me fallait tenir ma tuque pour ne pas la voir s'envoler sur plusieurs mètres, roulant parmi les cailloux sur lesquels s'étaient amassées des algues puantes qui n'étaient pas encore sèches. J'avais du temps et de la solitude pour tenter d'apprivoiser à ma façon ces présences sauvages qui parlaient dans le vent froid de septembre. Elles me devenaient peu à peu familières.

Les bourrasques me sifflaient aux oreilles, les gelaient complètement et donnaient un goût de sel à ma peau sans même que je me sois baigné. Le soleil froid, malgré tout, blanchissait les pierres échouées sur le bord de la mer. Mais à cause du vent, ce monde était muet. Je n'entendais rien d'autre que ce qui ressemblait à une mauvaise prise de son dans un film à petit budget : le grondement, le sifflement du vent dans mes écouteurs, ce qui augmentait l'effet d'être ailleurs, tombé sur une autre planète dont il fallait peu à peu comprendre les signes. Il fallait se concentrer longtemps pour décoder ces présences chiffrées, mais au bout d'un certain temps, je voyais avec évidence que cette vieille bûche abandonnée sur le sel blanc de la plage était en fait une ancienne icône d'un dieu canin oublié. Que les pierres grises et blanches laissées à découvert par la marée basse dessinaient un chemin qu'il faudrait suivre pour se rendre à la demeure d'une divinité marine. Que les formes étranges des arbres nains qui poussaient à quelques mètres du rivage étaient des paroles figées qui attendaient de revenir à la vie pour continuer ce qu'elles disaient il y a des siècles. J'étais maintenant tout près de ces voix mortes et je savais les entendre mieux que n'importe quelle musique. J'étais devenu sans trop savoir comment le fils de ce paysage hostile qui m'avait accueilli comme un descendant véritable. Je n'étais plus d'ailleurs, mais bien, libération, d'ici, c'est-à-dire de là où les dieux parlaient et avaient besoin d'un interprète.

Le lendemain, attendant toujours que Pascale obtienne son congé de l'hôpital, j'étais allé seul à la pêche dans une petite baie. Au bout d'un long moment de silence et de calme profond, un huard était passé juste au-dessus de ma tête et avait poursuivi longtemps son vol plané à quelques centimètres de l'eau, ses pattes frôlant la surface par endroits, pour se poser plus loin, dans un fracas d'éclaboussures qui avait secoué un instant la torpeur de la petite baie. Je m'étonnais qu'un oiseau puisse avoir un hululement si gracieux (j'écoutais sa complainte des heures durant, le soir, sur la véranda) et un vol si gourd qu'il ressemblait à une pierre volante ou à une flèche trop lourde ayant perdu sa vitesse et sa direction. M'enfonçant plus avant, je suivis le sillage du huard en avançant à grands coups de rames saccadés, ce qui donnait à ma chaloupe un air aussi maladroit que celui des canards qui me devançaient en cancanant.

En me retirant aussi loin dans la baie grandissait en moi ce sentiment de remonter à la source des choses et du temps, et plus les rives se rapprochaient l'une de l'autre, plus mon sentiment s'accroissait, jusqu'à ce que j'atteigne, tout au fond de la baie, l'extrême resserrement du petit canal par où s'écoulaient les eaux de la rivière. Ici, le temps ne coulait qu'à peine, et il suffisait d'un rien pour que l'eau, stagnante, indécise, décide de remonter vers sa source.

Pour ne pas froisser la perfection plane de ces eaux dormantes, je longeai les rangs de quenouilles qui menaient au bout de la rivière en assourdissant tous les bruits émanant de moi. Chaque fois je maudissais ma respiration qui troublait la solennité de ma remontée et m'empêchait de frayer avec le sifflement du vent dans les branches. Puis, saisi par une crainte incompréhensible, je sentis ma gorge se resserrer jusqu'à ce que je m'étouffe et me répande en toussotements qui rompirent l'enchantement et me rendirent à ma petite chaloupe perdue au fond d'un trou d'eau presque boueux. Je m'étais remis au monde et j'avais brisé le cliché. Une fois de plus, j'avais consenti à la plus grande des facilités et laissé le monde réaliser son vœu le plus cher: disparaître dans une image trop parfaite. Dans une telle image, il était évidemment impossible de respirer, encore moins de ramer.

Je ne pouvais en rester là, il me fallait vaincre cette tendance à transformer l'expérience en image. Alors, quelques jours plus tard, j'étais revenu au fond de la petite baie regarder l'eau rebondir sur les pierres et s'étendre en de longs fils mousseux. La réalité du paysage était aussi changeante que les formes nuageuses laissées par l'écume flottante et bientôt déchirées par le courant, mais laissant néanmoins apercevoir, dans leurs incessantes métamorphoses, le repos, qui est le centre invisible du mouvement. Puis, en moi, une voix me dit de cette écume perpétuellement déchirée par le courant: « Regarde, regarde bien, toutes les formes visibles se font et se défont comme la mousse à la surface de l'eau, mais ne t'en fais pas, le courant qui porte tout cela est assez fort pour te porter aussi. » Qui avait ainsi transgressé les frontières du silence et de la vie? En écoutant cette voix qui semblait tellement ancienne qu'elle était en quelque sorte blanchie, et qu'il était impossible de savoir si c'était celle d'un vieillard ou d'une arrière-grand-mère, je n'avais pas eu peur. Plutôt rassuré, comme si je savais maintenant que cette voix était celle du paysage aussi bien que la mienne, je m'étais imaginé aussitôt me couler dans l'eau vive et me caler sous une pierre pour avoir au-dessus de ma tête le déferlement sans fin de l'écume et du courant. J'étais mort et vivant à la fois, une voix parmi celles que charriait la petite rivière. J'étais moi aussi une voix du paysage, existant à peine, mais éprouvant une plénitude d'être sans mémoire. J'étais arrivé en Amérique, c'est-à-dire que j'y étais maintenant né en me mettant moi-même au monde et en inventant mon histoire à l'ombre des grands éclats de lumière.

Il y avait eu aussi cette pêche en haute mer que le voisin nous avait promise dès notre arrivée dans l'île. Quand il était venu frapper à notre porte, il pleuvait dru sur les feuilles mortes éparpillées, il faisait froid, mais l'air avait une odeur sucrée. Depuis la défaillance de Pascale et son retour de l'hôpital, il nous avait pris en affection et venait nous voir sans raison, simplement pour nous dire qu'il était là et que si nous avions besoin de quelque chose, nous pouvions compter sur lui. Le premier jour où Pascale était revenue, il avait décrété que c'était aujourd'hui : il nous amenait à la pêche, et il y tenait. Le petit chalutier tanguait beaucoup et la pluie cessa bientôt. Dans nos imperméables jaunes, nous attendions un signal pour faire quelque chose, sans savoir quoi exactement, mais le bougre demeurait muet, malgré les regards insistants de Pascale qui n'était plus qu'une paire d'yeux tout bleus se baladant sans attache dans une immense capuche. Au beau milieu de nulle part, nous ne voyions plus la côte depuis au moins une heure. Le voisin avait arrêté les moteurs, pourquoi ici plutôt qu'ailleurs, lui seul le savait et ça ne semblait pas avoir une grande importance. En grognant de petits mots incompréhensibles, il nous avait mis de longs fils de nylon entre les mains et nous avait montré comment exécuter un minuscule mouvement de poignet que nous avions répété toute la journée en faisant entrer dans le bateau des maquereaux vert et bleu qui luisaient au soleil. Derrière le bateau, des nuées de goélands tournaient dans le ciel en attendant qu'on leur jette les entrailles de poissons qui leur étaient dues. Pascale ne disait pas un mot, mais elle souriait doucement. Elle ne pouvait tout à fait taire son secret. Une nouvelle joie l'habitait que je n'aurais pas su nommer, mais je la connaissais maintenant assez bien pour comprendre que quelque chose bougeait en elle au plus profond. Son sourire ressemblait à celui de quelqu'un qui vous dit adieu sur les photos de départ, toujours mauvaises d'ailleurs. Elle me remerciait de lui avoir permis de revenir parmi les vivants, mais avec le regard triste de ceux qui ne peuvent pas rester avec nous plus longtemps.

Essayant d'oublier tout cela, je m'étais remis tant bien que mal au travail, seul véritable remède aux maux de l'esprit. Il me fallait entendre le résultat de mes élucubrations sur un instrument réel, et un après-midi j'avais demandé la permission d'utiliser le grand orgue de la petite église du village. Depuis quelques heures, juché dans les tribunes arrière de la grande nef, je testais et corrigeais ce qui me semblait impossible à corriger, mais je regardais aussi de temps à autre, distraitement, tout en bas, la jeune fille aux cheveux noirs qui m'avait accueilli à l'entrée et qui déambulait, désœuvrée, à travers les allées et les colonnes des nefs secondaires. Aussitôt que je cessais de jouer, le coup sec de ses talons résonnait très longtemps dans l'architecture qui réunissait en un seul édifice les chapelles et faisait du parcours compliqué des voûtes un dessin unifié quand on le regardait d'où j'étais, juste au-dessus du portail principal.

Impossible pour moi de transposer ce dessin dans ma partition, car tout se morcelait aussitôt que j'y touchais. Et surtout, les pas de la jeune fille me paraissaient aussi importants que les notes solennelles de mon orgue. Il me semblait même que ses coups de talon faisaient partie du silence de ma composition, qu'ils en étaient la mesure secrète. Le pouvoir de certaines femmes dans ces moments vacillants: d'un seul regard mal maîtrisé elles nous font croire qu'elles n'ont qu'à se retourner, à ouvrir nonchalamment la petite porte de la crypte que personne n'ouvre plus, pour nous faire pénétrer dans un tout autre univers où couineraient des chauves-souris et s'éclaireraient des signes incompréhensibles gravés depuis toujours sur des murs poussiéreux. Dans cet imaginaire médiéval d'un autre temps, il semble même qu'elles connaîtraient la traduction de ces mots gravés sur les murs et qu'il s'agirait bien sûr d'une phrase résumant notre vie et notre destin.

Quelque chose n'allait plus dans ma vie, le bel ensemble se délabrait, des femmes inconnues entraient dans ma pensée comme dans un moulin et je n'arrivais plus à me concentrer sur quoi que ce soit. Malgré mon adoubement d'interprète divin, j'étais maintenant prisonnier de ces voix secrètes et ne savais plus vivre parmi les hommes. Une impression de dérive profonde m'avait envahi et plus rien ne pouvait empêcher que s'accroisse ce sentiment d'éloignement. J'étais loin de Pascale, de moi, de la musique, de tout ce qui me tenait à cœur. J'étais loin tout court. Il fallait que je quitte le plus rapidement possible cette île, sous n'importe quel prétexte. En dévalant l'escalier des tribunes, j'avais aperçu de plus près cette femme en noir qui visiblement attendait quelque chose de moi qui n'était jamais venu, et lorsque j'étais passé devant, elle m'avait souri poliment, puis avait refermé la grande porte de bois après que je suis sorti. Sur le parvis, l'air marin m'avait empli les poumons. Au diable ce destin de pacotille, les dieux parlent trop fort ici-bas et souvent leurs voix ressemblent à des pièces de théâtre jouées par des abrutis.

De retour au chalet, plus rien n'avait de sens désormais. Dans le salon, Pascale n'avait pas retenu son cri quand elle avait vu la coquerelle se balader sur le rebord de l'évier. Elle ne s'était même pas retournée pour voir si j'arrivais, parce qu'elle savait bien que j'allais accourir. Réaction immédiate, très sûr de moi-même, comme si j'avais fait face cent fois à une invasion de coquerelles. Les poses ridicules de la virilité viennent d'elles-mêmes, avec une facilité déconcertante. Il fallait que je fasse quelque chose de rassurant, juste pour calmer Pascale, même si je n'avais aucune envie de régler ce problème qui me donnait un prétexte parfait pour fuir à toutes jambes cet endroit maudit. La trappe du sous-sol s'était offerte à mon regard: j'avais empoigné la vieille courroie qui servait à l'ouvrir, puis je m'étais enfoncé dans l'obscurité de cette cave humide, au plancher de terre battue. Au fond de la pièce unique, on apercevait les deux chauffe-eau tout blancs, d'où émanait une sorte de lueur. Je n'aurais jamais dû descendre dans cette cave, je n'aurais jamais dû braquer ma lampe de poche sur les murs de ce sous-sol. Je n'aurais pas vu les centaines de blattes toutes noires former des cercles compliqués sur les vieux madriers qui soutenaient à peine le chalet. En remontant à toute vitesse vers la cuisine, je lui dis, le souffle court et louche: « Il n'y a rien, absolument rien, t'en fais pas. » Je n'avais pas regardé le visage de Pascale, seulement ses pieds, juste à la hauteur de ma tête, et ses jambes toutes droites, bien plantées et nues, qui m'accusaient, je le savais bien. Le mensonge était lancé, il n'était pas bien grave, mais c'était un mensonge quand même qui en annonçait de bien plus terribles — nous étions maintenant séparés. Le reste n'était plus qu'une fin de parcours qu'il fallait bien mener jusqu'au bout. *The show must go on*, peu importe le délabrement des caves et des âmes.

Quelques instants plus tard, impossible de savoir pourquoi elle s'était mise dans cet état. Dans un élan de fureur, elle avait claqué la grande porte de bois du chalet, puis je n'avais rien entendu pendant quelque temps, jusqu'à ce que les fenêtres s'ouvrent et que des objets en volent, chemisiers, valises, torchons et bibelots.

Un nuage qui passait, juste à ce moment, ressemblait à une chevelure déchirée par le vent.

Je rentrai à mon tour, refermant la porte très lentement, pour apprivoiser la bête, puis je la coinçai entre mes bras et lui soufflai au creux de l'oreille : « Laisse faire ça, on s'en va. » Aucune réaction, sinon ce petit rire de chatouillement, mais c'était bon signe, elle s'était apaisée, sans plus de raison. C'était notre dernière embrassade, comment ne pas le savoir ? Après avoir tout ramassé, au moment de partir, un orage avait éclaté, que nous avions regardé déferler sur les battures, plier les fougères géantes et racornir les arbres nains. Le toit de la maison avait tremblé, et des écoulements d'eau avaient gargouillé au sous-sol. Plus rien ne m'inquiétait, je m'en foutais, on s'en allait. Pascale chantonnait en contemplant l'orage par la fenêtre.

Pénombre

De retour à Montréal, plus rien n'était pareil. La lumière crue des battures allait se changer en un éclairage qui ne serait pas la nuit, mais qui serait tout de même assez sombre pour m'empêcher de voir clairement. Un éclairage oblique pareil à celui des souvenirs quand s'allongent les formes et que se devine une noirceur toute proche. Je cherchais par tous les moyens à me rapprocher des présences que j'avais appris à sentir et à écouter, mais rien ne venait, j'étais seul parmi des kilomètres de béton. Une prose inlassable de klaxons et de cris meublait mon univers sonore et nulle capacité ne se laissait pressentir de transformer tout cela en un quelconque ordre musical. Toute présence m'avait quitté en même temps que Pascale et plus rien de distinct ne se laissait entendre dans la cacophonie ordinaire. L'hiver s'en venait, nous allions bientôt nous séparer, Pascale et moi, et je n'avais aucune idée de la suite de ma vie. J'improvisais des journées que je quadrillais d'activités sans but, parfois trouées de faux événements et de fausses révélations, comme cela m'était arrivé un soir en rentrant du petit restaurant où je travaillerais quelque temps parce qu'il fallait bien faire quelque chose.

En passant près de la bouche de métro (j'avais encore le temps d'attraper le dernier), j'eus un mouvement vers la porte pivotante, mais me ravisai en me rappelant cette femme que j'avais vue quelques jours auparavant. Je m'arrêtai un instant, seulement pour bien me souvenir de mon malaise et pour éprouver de nouveau le choc des yeux étrangers qui m'accusaient silencieusement d'un crime inconnu. Je suivais la file vers la sortie. Personne ne prêtait attention à quoi que ce soit et je m'acheminais vers l'extérieur en fixant les carreaux rouges et jaunes du sol comme dans une procession incohérente. J'aimais sans m'en aviser l'ambiance du métro, sa chaleur en hiver, la promiscuité de tous ces gens qui ne se connaissaient pas, mais entraient néanmoins en contact par le silence, grâce à l'absence de paroles. J'aimais le bruit des départs et des arrivées de wagons, qui me rappelait étrangement, juste au moment du démarrage, le son flûté et mécanique d'un orgue: «Tii-tûûût-tou». Ce son était un morceau égaré d'une messe sans officiant, dans un lieu en perpétuel mouvement. Cette sensation, éprouvée chaque fois que je mettais les pieds dans le métro, était pour moi une façon de communier sans y penser, d'être avec tous sans les regarder, en sentant simplement leurs présences. Mais à partir de cet événement, il ne me fut plus possible de marcher dans le métro sans pressentir que mes pas, mon silence, le silence de tous ces gens, étaient un mensonge collectif.

Une sensation me réveilla brusquement: je sentis un regard se poser sur ma nuque comme une main rigide qui m'aurait assommé par-derrière. Je me mis à l'écart de la file et me retournai. Ce n'était plus Cela qui m'observait comme dans mon enfance, mais plutôt ceci: dans le petit enclos de verre qui bordait une sculpture figurant abstraitement un arbre, une femme accroupie me regardait fixement, me pointait de son regard. Ce n'était plus un arbre, mais sa représentation. Ce n'était plus une présence invisible qui m'accueillait dans la lumière, mais une femme dépenaillée qui me fusillait du regard. Impossible de comprendre ce qu'elle faisait à cet endroit, dans cette posture, et surtout de quoi elle m'accusait. Elle me regardait, sans aucune expression. Je ne la connaissais pas. Ses traits amérindiens et ses cheveux sales me rappelaient cependant quelqu'un, impossible de savoir qui.

En m'approchant, je m'aperçus qu'en réalité elle ne me regardait nullement, qu'elle ne regardait rien. Elle fixait le vide, bouche béante. Elle était ivre morte et sa posture n'était pas celle d'une sage amérindienne, descendante des pères autochtones auxquels je rêvais si souvent. Il s'agissait plutôt d'une femme déculottée se soulageant en public. Du petit monticule de ciment coulaient maintenant quelques gouttes. Je vis l'agent de sécurité du métro parler dans son cellulaire en gesticulant et aussitôt deux gardes arriver. L'un d'eux apportait une vadrouille. Parodie de révélation, mauvaise comédie qui déshonorait tous ceux qui se tenaient en bordure du réel et nous regardaient, nous, les vivants, marcher, aller et venir dans la ville, essayer de comprendre l'ordre et le sens des choses ou de tout simplement les oublier.

•

Dans mes déambulations à travers la ville, le métro me faisait l'effet d'un « transport en commun » banalisé jusqu'à perdre toute élévation et à ne plus avancer qu'à l'horizontale. Nous avions beau être tous vivants les uns à côté des autres, il n'y avait entre nous de sentiment de communauté que négatif: nous étions de la tribu de ceux qui ne sont pas de la même tribu. Les morts étaient plus ensemble que tous ces vivants pourtant réunis dont les comportements étaient étrangement stéréotypés: tous ces regards accumulés qui, en attendant qu'arrive la prochaine rame, cherchent quelque chose à quoi accrocher leurs yeux et ne le trouvent que dans les publicités qui longent les tunnels. Quand un intrus qui n'a pas ce calme pressé se présente, tous les regards se jettent sur lui. Un animal ou un enfant devient instantanément dans ces couloirs le centre d'une attention démesurée.

Je donne moi-même ainsi mon regard sans trop m'en rendre compte, comme j'ai pu le constater face à cette horde d'enfants venue envahir le quai l'autre jour. Comme à l'habitude, personne ne parlait. Puis, ils arrivèrent, qui couraient en tous sens, criaient et se bousculaient. Leur éducatrice, assez jeune, cherchait tant bien que mal à les rassembler à coups de « On reste ensemble, on reste ensemble; Mathieu, reviens ici, Jérémie, pas de coups de pied; on se donne la main ». Sa voix résonnait sur les carreaux qui couvraient les murs et le plancher de la station. Rien de surprenant: tous ceux qui attendaient le métro avaient maintenant les yeux braqués sur le groupe, puisqu'ils n'avaient rien d'autre à faire que de regarder l'enfance qui s'expose sans savoir qu'elle s'expose et pour cela accapare toute l'attention. Les autres faisaient dévier leurs regards vers quelqu'un, un enfant, qu'ils croyaient incapable de chercher du désir dans leurs yeux. Cruauté inconsciente des regards qui se veulent pleins d'attendrissement et qui ne font que dévorer tout cru ce qui se donne sans malice et s'ouvre sans méfiance.

Mais un redoublement étrange s'était produit: tous attendaient silencieusement, sauf les enfants, et l'éducatrice avait crié: « On attend le métro »; au moment où le métro annonçait son arrivée par son grondement caractéristique, tous prenaient un pas de recul pour ne pas se faire heurter et, encore, l'éducatrice avait crié: « On recule pour ne pas se faire frapper. » Avant d'entrer dans le wagon, tous avaient laissé passer ceux qui sortaient et l'éducatrice avait crié une fois de plus, mais à pleins poumons cette fois : « On laisse passer ceux qui sortent. » En entrant dans le wagon, chacun s'était assis, s'était accroché à un poteau ou avait tenté de se tenir en équilibre, et l'éducatrice, comme saint Jean s'égosillant dans le désert, avait dit très fort : « Attention, on s'accroche pour ne pas tomber » ; etc. Une sorte d'harmonica avait égrené quelques notes, comme s'il se pratiquait avant de jouer un long morceau. Après avoir cherché des yeux l'instrumentiste pendant un moment, je m'étais aperçu que c'était un enfant qui pleurnichait. L'enfance ne ressemblait à rien, aucune forme ne lui convenait exactement, il fallait l'encadrer, la redoubler, lui donner une clôture de langage à ne pas franchir, à imiter. Je ressemblais à cette enfance sans forme. Moi non plus, aucune apparence sensible ne me convenait. Dans la fenêtre sombre du wagon qui réfléchissait mon image et celle de tous ces passants anonymes, mes traits étaient encore indécis, pas tout à fait formés et perpétuellement en devenir. Quand finirait cette enfance éternelle ? Quand pourrais-je sortir de tous ces gestes imposés par les circonstances et de tous ces comportements appris qui équivalaient alors dans ma pensée à un effet de meute ? Je n'avais pas encore compris que, loin des morts et des enfants, je perdais toute forme. À ne côtoyer que les vivants, bien portants et adultes, on finit par ressembler aux morts, non pas à ces morts qui dorment dans le paysage, mais à ces oubliés qui, comme mon père, se sont enfoncés dans le néant de leur vivant même.

•

Pendant cette période de ma vie, je marchais beaucoup dans la ville, comme quelqu'un qui aurait perdu le nord et tourné en rond avec l'espoir de revenir chez lui par un enchantement soudain. Mais la magie ne se produisait pas. Dans toutes ces déambulations, je ne pus me défaire de cette sensation que malgré l'ordre apparent rien n'était vraiment à sa place. Que tout ce qui se tenait debout était d'une fragilité dont personne ne s'avisait, qu'un bruit ou un souffle aurait pu en provoquer l'écroulement. Marcher dans une ville, au milieu des gratte-ciel, c'était marcher nulle part et je ne savais pas encore comment faire de ce nulle part un lieu véritable, de nouveau habité par des dieux qui, j'allais le découvrir, n'étaient pas si barbares qu'ils en avaient l'air. Dans les circuits géants du centre-ville, les immenses miroirs qui recouvraient les surfaces de béton reflétaient le gratte-ciel d'à côté, et il n'y avait rien d'autre que cela : des miroirs qui se renvoyaient la lumière, et quelquefois l'image d'un arbre pris dans ce palais de verre.

Et le vent qui s'engouffrait — qui voulait me saisir par la peau du cou pour me déposer plus loin, hors d'ici. Le vent qui faisait de moi une feuille morte charriée d'un trottoir à l'autre. Et mon manteau ouvert qui devenait un cerf-volant, et mes bras qui se changeaient en de petites baguettes tenant le tissu en place. J'étais sur le point de m'envoler. « Oui, je veux bien, oui, je le veux. Enfin ! Emporte-moi. » Qui avait prononcé ces mots et à qui s'adressaient-ils ? Ma voix, ne trouvant plus qu'elle-même comme interlocutrice, se faisait mystère de ses propres inflexions et cherchait à invoquer la présence en elle comme on tend une voile à un vent capricieux qui ne se lève plus que pour tout disperser.

Décidément, tout me quittait, les dieux, les rêves, les ancêtres et jusqu'à Pascale, avec qui il était impossible d'avoir un véritable face-à-face. Jamais nous n'avions pu nous expliquer. Jamais nous ne nous étions assis pour faire le bilan de notre vie, tranquillement, un verre à la main, à fumer sans se presser et sans penser à la mort qui allait venir, qui était déjà venue, à décortiquer tout cela, à rire s'il le fallait de nos défaillances, à rendre caduques toutes nos accusations. Jamais cette complicité n'avait été éprouvée, malgré tous nos retranchements dans des endroits perdus, où nous voulions pourtant être seuls, où nous passions notre temps à tenter de nous expliquer. Jamais nous ne saurions le fin mot de cette histoire, de tous ces fils emmêlés que j'essaie de dénouer, de ces demi-mensonges pour survivre, pour ne pas trop dévoiler, demeurer pudique, parce qu'au fond nous ne voulions pas vraiment savoir, nous voulions peut-être laisser ces restes aux fougères qui avaient tout avalé de notre passé et qui allaient décomposer ces événements pour les mêler à l'humus des âges dans lequel tout finit par se confondre.

Il y avait donc eu entre nous l'impossibilité de dire vraiment, de nommer les choses par leurs noms. Comme cet après-midi où, en rentrant, il y avait eu sur la table de bois un bouquet de roses rouges qu'elle prétendait s'être offert elle-même et qu'elle avait senti longuement en fermant les yeux. À quoi bon trouver que ce rouge était vulgaire ? Puis il y avait eu la révélation, scandaleusement franche, qui ne révélait rien du tout. Qui ne brisait rien non plus et qui, curieusement, nous rapprochait et me faisait comprendre que c'était moi qui avais choisi tout cela, au Nouveau-Brunswick, en allant chercher le bougre et son tracteur, en frappant contre le mur, en laissant sa défaillance n'être pas définitive, en la retirant des fougères qui allaient l'envelopper. Choisir la vie, pour elle, c'était s'exposer à de nouvelles défaillances qu'elle me forçait à choisir à mon tour. Oui, la retirer des fougères, c'était en quelque sorte la mettre dans les bras d'un autre, d'une autre en l'occurrence. C'était étrange, à travers le rouge grossier des fleurs qu'elle respirait à plein nez, je voyais l'image incongrue d'un vieux tracteur en surimpression. Quelque chose clochait dans tout cela, comme le mariage d'un tracteur et d'un bouquet de roses. Celui qui avait réglé le déroulement des images s'était mis un doigt dans l'œil, et celui-là, c'était moi. La pièce de théâtre était franchement ratée, comment pouvais-je vouloir lui écrire un accompagnement sonore ?

Oui, c'était clair maintenant, c'était ce qui m'arrivait : je quittais progressivement la musique, comme un mensonge insupportable, et je délaissais les volontés de mon père en souhaitant secrètement que les images ne collent plus à mes fantasmes. Je cherchais à me vider de toute présence, à me déprogrammer, à éviter tous mes destins en changeant de route toutes les cinq minutes jusqu'à m'étourdir moi-même. J'étais atterré par le départ de Pascale, mais, avec une émotion égale en puissance, j'étais aussi soulagé comme un condamné à mort. J'allais par contre découvrir peu à peu ce que je n'avais pas soupçonné pendant tout ce temps : que le désespoir n'avait rien d'un repos, que l'envers des images était plus insupportable encore que leur perfection, que la solitude que j'avais appelée n'était pas du tout peuplée de présences et de voix, comme je l'avais cru, mais vide, sonnant creux, laissant le temps s'écouler comme un appareil radio éructant mécaniquement dans la nuit et que personne n'écoutait plus. Mais il me fallait traverser encore plus de détresse pour comprendre que je ne vivais en réalité qu'un désespoir coupé à moitié, parce que je trichais avec l'espoir d'en faire une œuvre. Il faut beaucoup de désespoir pour cesser de créer avec désespoir. L'artiste désespéré n'est jamais si désespéré qu'il en a l'air, car il triche avec le bonheur que lui donne l'œuvre à laquelle il rêve par-devers lui. Un véritable désespoir ne trouve plus même de compensation dans la jouissance inavouable de mettre le monde en signes. Ce désespoir-là, je l'avoue, ne m'avait pas encore touché, et c'est peut-être lui qui aujourd'hui me fait signe, que je cherche à atteindre afin de me débarrasser du projet insensé de mettre le monde sous vide, dans un bocal propre et aseptisé, réduit en signes insignifiants.

•

Depuis que Pascale m'avait quitté, je passais des heures à observer mes voisins, qui se changeaient pour moi en présences de substitution pour adorateur en mal de divinités. De faibles flocons dispersés tombaient mollement dans la cour arrière, sans aucune grâce, sans aucune lumière particulière. Je m'amusais, comme le font les enfants, à suivre un seul flocon dans son parcours et à ne pas le perdre, mais cette fois j'étais incapable de me concentrer et je préférais qu'il aille au diable, ce flocon, se fondre parmi les autres. La cour arrière n'était plus qu'une cour arrière, et mon voisin, une sorte de gros ahuri qui postillonnait au lieu de parler, n'était plus qu'un voisin. Il me reprochait d'avoir stationné ma voiture au mauvais endroit, précisément dans l'espace qui lui était réservé, et me regardait avec satisfaction pelleter la neige accumulée dans la petite place que j'aurais dû choisir. Il ne bronchait pas et, avec une ironie assez grossière, il demeurait bien appuyé sur sa pelle, comme un paysan sur sa clôture. Difficile d'expliquer à ce brontosaure que j'avais garé ma voiture là, dans son stationnement, en attendant d'avoir fini de déblayer ma place. Au fond, il s'en foutait et il profitait de l'occasion pour m'emmerder, ce qui était sa façon, j'imagine, d'entrer en contact avec ses semblables. Pendant qu'il m'expliquait que son frère avait lui aussi des problèmes de stationnement dans sa petite ville du nord où il n'était jamais allé, tout cela m'était monté à la gorge, tristesse incompréhensible, et je m'étais vu tout laisser en plan, comme ça, sans raison, et m'avancer dans la neige en tournant lentement sur moi-même jusqu'à l'ensevelissement complet. Dans un appartement de l'immeuble, quelqu'un faisait des gammes de violoncelle en arrachant à l'instrument des cris qui se voulaient gracieux, mais qui ressemblaient beaucoup plus à ceux d'une oie qu'on gave pour en faire du foie gras.

Oui, l'envie de tout laisser en plan, de me laisser glisser dans cette dérive bien connue qui saisit langoureusement tous ceux qui ont été quittés. Le désir plus commun encore de rencontrer n'importe qui et de vivre n'importe quoi, de sortir dans des soirées où je ne connaissais presque personne et de faire le plus de stupidités possible. Au beau milieu de ces soirées qui se ressemblaient toutes me revenaient parfois mes anciennes velléités musicales et un vague rappel de la promesse d'une œuvre à faire pour accompagner la pièce théâtrale de cette autre, tellement lointaine maintenant.

« Pourquoi est-ce que j'ai accepté ce foutu projet ? » m'étais-je demandé ce soir-là, en lançant trois cartes sur la table. Oui, j'aurais beaucoup mieux aimé jouer au tarot, comme en ce moment, sans avoir toujours derrière la tête des accords à former ou à déformer, sans écouter malgré moi le froissement des cartes pliées par les doigts des joueurs, sans que les regards qui s'épient au-dessus de la table aient l'air d'une pièce très rythmée comme dans un film de série B. J'aurais beaucoup mieux aimé être complètement là, c'est-à-dire ici, avec ces Français et ces Belges que mon ami accueillait en ville pour quelques jours, à boire, à imiter la mouette, comme le faisait maintenant une jolie Française parfaitement saoule qui se trouvait très drôle mais était en réalité absolument pathétique. Nous la félicitions tous quand même à grands cris, l'applaudissions pour ses idioties avec des louchements hypocrites du côté de son décolleté.

Très rapidement, les joueurs avaient été trop saouls pour continuer à jouer, la partie s'était effilochée d'elle-même, les règlements s'étaient transformés. Il était plus intéressant de lancer des cartes non pas sur la table, mais n'importe où, par terre, au chien, ou de les envoyer tout bonnement en l'air, et d'opiner du bonnet comme si c'était là un coup terrible que l'on venait d'asséner aux autres joueurs. Pour toute réponse à ce coup qui semblait imparable, le joueur en face de moi avait réfléchi longuement en se frottant la barbe, puis sa décision avait été prise soudainement d'augmenter la mise en glissant une carte dans le soutien-gorge de celle qui était assise à côté de moi. C'était un geste trop prévisible, trop proche de la façon de faire des joueurs de poker qui miment l'intelligence. La réponse de mon ami s'était faite plus directe encore : plus question de cartes, c'était trop facile, puisqu'il était beaucoup plus pertinent, n'est-ce pas, de prendre à pleines mains les seins de ma voisine de table, comme il l'avait fait sans même la regarder, en mâchouillant une cigarette, pendant que l'autre n'esquissait même pas une moue de surprise. Elle aurait pu faire semblant un peu, mais non, ça ne la surprenait pas. Banalité des transgressions. Il n'y avait rien dans ces gestes qui ne venait pas de nous, qui n'était pas commandé par quelque chose de banalement humain. Ce n'étaient pas les dieux qui menaient à l'orgie, mais leur oubli.

Les gestes s'étaient donc succédé sans imagination, jusqu'à ce que quelqu'un ait l'idée d'ouvrir la porte de la chambre dans laquelle le groupe s'était engouffré. Resté à table, planté là avec mes rythmes insupportables, à fumer une dernière cigarette avant de mettre mes bottes, mon manteau et de sortir dans le froid de l'hiver, je ne comprenais pas du tout ce que je faisais, maintenant dehors, en pleine rue, les bras en l'air que je croisais comme de grands ciseaux qui cherchaient à couper le ciel en hélant un taxi. Au-dessus de ma tête, le ciel était vide, les oies étaient parties depuis longtemps dans cet hiver qui ne faisait que commencer et qui pourtant n'en finissait plus.

Tout ce qui m'arrivait ne faisait pas véritablement partie de ma vie, je me regardais vivre comme s'il s'agissait d'une expérience théâtrale très moderne. Il n'y avait pas de public, pas de scène, mais un seul acteur se promenant dans la ville pendant des jours interminables, ne sachant comment sortir de son cauchemar. L'hyperréalisme de cette production avait contaminé toute la réalité, qui n'était plus qu'un espace vidé de ses présences. J'allais d'ailleurs souvent au théâtre, comme pour me fondre parmi ceux qui croyaient à cette manière d'être un autre. Jusqu'à cette soirée où enfin, au bout d'une désaffection toujours plus vide, tout s'était dévoilé sans avertissement. J'allais découvrir que c'est au fond de la théâtralité de l'existence que se trouvait la porte de sortie du théâtre.

C'était le concept de la soirée, auquel il fallait adhérer, même si ça prenait des allures de carnaval de pacotille. Après que j'avais eu payé à l'entrée, une jolie fille déguisée en Tatiana m'avait bandé les yeux, puis on m'avait fait descendre trois ou quatre escaliers pour m'asseoir sur une chaise de métal inconfortable et m'enlever le bandeau, ce qui ne changeait rien, car il faisait un noir d'encre dans cette salle dont on ressentait très fortement l'humidité. Qu'est-ce que je pouvais bien fabriquer là, à côté de ces gens que j'entendais respirer tout près et chuchoter, commenter « le dispositif original de la production » et froisser des papiers de bonbons pris à la sortie du restaurant ?

Quand tous avaient enfin trouvé place, il y avait eu les trois coups traditionnels, puis un moment de silence durant lequel quelque chose s'était emparé de moi et que je n'avais pas su retenir : était-ce moi qui avais crié ainsi de toutes mes forces, insultant la terre entière et tous ceux qui étaient dans cette salle ? Éberlués, les spectateurs s'étaient rassurés très rapidement en pensant que je faisais partie de la pièce, que j'étais l'une des attractions de la soirée et non pas un homme qui criait tout simplement, mu par un instinct de tout détruire pour mieux revenir à lui-même. Les acteurs, d'abord sidérés (« Qu'est-ce que c'est que cela encore ? »), avaient déjà retrouvé leur contenance habituelle et la pièce s'était remise en marche comme si rien ne s'était passé. S'était-il réellement passé quelque chose ? Cette réaction collective m'avait vissé à mon siège : mieux valait subir la pièce qui allait se jouer que d'en devenir prisonnier. C'est sans doute pour cela que les spectateurs sont silencieux et immobiles au théâtre : pour ne pas qu'il leur colle à la peau et qu'ils puissent quitter la salle crasseuse en laissant là le théâtre avec les acteurs. On va au théâtre pour que l'existence ne se change pas en théâtre. Moi, le théâtre me suivait partout depuis que mon père était mort dans une scène de boulevard. Plus je fuyais toute forme de scène, plus j'y revenais avec un espoir toujours plus mince d'en sortir un jour. Il fallait donc encaisser, subir jusqu'à la fin : allez, manèges, tournez !

Un petit jeu de lumière high-tech avait permis l'entrée en scène des danseurs, qui s'étaient avancés vers nous têtes basses comme s'ils étaient des chiens venus nous renifler l'intimité. Après un petit moment, les notes claires d'un piano avaient résonné longuement et nous avions aperçu le pianiste et son instrument sur une mezzanine, juste au-dessus de la scène. Les acteurs, vêtus de guenilles trouées, s'étaient mis à déclâââmer, tellement qu'il m'était venu une sensation de malaise à la mâchoire. Évidemment, ils s'étaient progressivement dénudés, et sans doute parce qu'ils avaient l'air si pauvres, si peu incarnés d'être montrés tout nus comme ça sur une scène, aussitôt des images de leurs corps étaient apparues, oui, des hologrammes avec lesquels ils s'étaient mis à danser une chorégraphie ultramoderne, chaotique, mais réglée au quart de tour. Danser avec mon image, voilà une chose dont j'étais bien incapable et qui me manquerait toujours, handicapé, croyais-je alors, de la faculté de me dédoubler.

Pendant tout ce temps, il m'était très difficile de me concentrer sur la pièce, car je pensais aux images qu'ont en tête tous ceux qui sont seuls sans l'avoir voulu : l'image absurde et banale de celle qui aurait dû être à côté de moi, Pascale, de son visage en gros plan qui semblait faire partie de la pièce, projeté sur le plafond de la petite scène, et qui me disait en chuchotant à quel point l'attirait le corps de cette jeune femme qui dansait toute nue, sur la scène, avec son fantôme. À quel point elle était surprise, non, elle n'aurait jamais cru que le corps des femmes l'émouvait autant. Je n'ai jamais eu aussi honte de toute ma vie : l'image holographique de Pascale disait ces choses devant tout un public qui ne bronchait pas. Étrange comme ces situations de rupture vous projettent d'un seul coup dans un territoire parfaitement arpenté et sans mystère : vous êtes dorénavant complètement vidé de vous-même et les images s'emparent de vous comme d'une vulgaire marionnette pendant que tous voient en vous ce qui s'y déroule avec une clarté aveuglante. Parvenu à ce point, vous n'êtes littéralement plus vous-même et les puissances qui se jouent de vous n'ont rien de divin. Vous n'êtes plus qu'un paranoïaque transparent dont les hantises se voient à l'œil nu et votre vie entière est maintenant indiscernable du théâtre.

À la sortie de la représentation, vous suivez le troupeau jusqu'au petit bar, situé à quelques rues, et vous commandez la même chose que tout le monde. Autour d'une table où sont déposées cinq ou six bouteilles de vin, la plupart déjà vides, vous êtes assis, sans même vous demander ce que vous faites là. La conversation piétine un peu, le ton monte par moments, mais se radoucit toujours. Un peu ivre, mais encore lucide, vous écoutez sans vraiment prendre part à la conversation. En fermant les yeux, vous prêtez plus attention au rythme des paroles qu'aux propos et vous remarquez soudain que, sur l'écran noir de votre conscience, toutes les paroles que vous entendez ressemblent à un trait de lumière qui termine toujours sa trajectoire en se repliant sur lui-même, comme pour ne pas heurter ou blesser des sensibilités. Dans votre début d'ivresse, les images glissent et se fondent l'une dans l'autre : le trait lumineux au bout arrondi que forment les paroles de vos amis se découpe encore plus nettement sur ce fond noir, comme si on braquait un projecteur très puissant sur lui. Ce trait de parole se fige dans votre imagination et vous apparaît tout à coup sous la forme d'une réclame de cure-oreilles tout confort, comme une flèche dont on aurait limé le bout et à laquelle on aurait ajouté un léger coussinet afin d'éviter toute blessure. Oui, c'est absurde, mais vous le percevez ainsi : le rythme même des paroles de vos amis vous fait penser à des flèches pour enfants, à des jouets en plastique, à des imitations de vraies phrases qu'on aurait savamment étudiées en laboratoire et certifiées sans danger, dont les arêtes auraient été soigneusement polies et les effets testés. Vous prêtez maintenant attention au sens des propos : on discute de théâtre. Vous constatez très rapidement qu'il ne s'agit pas d'une discussion, mais d'une sorte de prière collective, d'une énumération de noms, de lieux et de pièces, dont la mention est invariablement suivie de « oui, tout à fait », de hochements de tête et d'approbations presque muettes, comme un « amen » collectif et à peine murmuré. En ouvrant les yeux, vous apercevez maintenant des regards qui ne se regardent pas, qui longent les lignes du plancher, les coins des meubles et les rondeurs des nœuds de la table en bois. Quelques-uns font tourner leur verre de vin dans leur main et balancent l'autre dans le vide, en parallèle avec le tronc de leur corps.

Est-ce de vous que provient cette espèce de hurlement inintelligible ? Est-ce vous qui continuez, au mépris de toute forme de civilité, à crier tout ceci que vous n'aviez jamais même pensé, sur quoi on vous aurait interrogé la veille et à quoi vous auriez répondu : « Je n'ai pas d'opinion » ? Est-ce votre voix qui profère de telles condamnations, brutales, désespérées, sans appel ? Quand vous reprenez vos esprits, les regards sont maintenant tous dirigés dans une seule direction : vers vous. Les bras ne sont plus ballants, mais raides comme des cordes tendues. Et les propos tombent, drus, secs comme une pluie de cailloux. Le couperet est tombé : vous êtes métaphysicien, et même pire, vous êtes un terroriste. Entre Oussama ben Laden et vous, il n'y a qu'une différence d'échelle. Vous confondez tout, vous ne mesurez pas vos propos. Et de toute façon, ce débat a toujours eu lieu, à quoi bon le ressasser ? Non, franchement, il n'y a pas de quoi se mettre dans cet état et insulter ses amis pour une question aussi théorique. Et d'abord, pourquoi cette colère? Pourquoi avoir interrompu une conversation aussi intéressante et agréable, une réunion aussi amicale? Ce n'est pas ici, ce soir, que l'on réglera ce problème et, en plus, si vous voulez des problèmes insolubles qui vous permettront de crier pour de bonnes raisons…

Après une telle condamnation, que j'avais bien sûr cherchée afin de m'enfermer socialement à double tour, une seule solution: retourner à ce que je fuyais par tous les moyens. Je m'étais donc assis de nouveau à ma table, j'avais ouvert mon cartable à partitions et passé des heures à pianoter sur le clavier. Pas facile de donner vie à des pattes de mouche qui ne veulent plus rien dire. Dans un soupir, je m'étais mis à jouer n'importe quoi, à laisser mes doigts délirer tout seuls sur le clavier. « Tout ça, c'est beaucoup trop compliqué ! » À quoi bon construire une suite avec rigueur si de toute façon le résultat semblera, à ceux qui l'écouteront, une suite incohérente de sons? Pourquoi ne pas faire semblant qu'il y a là quelque chose de sérieux alors qu'il n'y aurait rien? La tentation de la blague. Non, il ne fallait pas. Pourquoi? je ne savais pas, mais il ne fallait pas, c'était un impératif catégorique, aussi puissant qu'inexplicable. Reprenant ma partition, j'en avais joué une bonne partie en essayant de croire que c'était sérieux, mais Dieu que c'était ardu de ne pas entendre, par-dessus tous les effets calculés avec minutie, l'incohérence globale, l'absence de motif d'ensemble. Dans cet ordre émergeant du chaos, quelle différence, au fond, avec le chaos?

J'avais tenté d'exposer ce problème le soir même à Pascale. Maintenant, elle venait toujours accompagnée de sa Monica, impossible de voir l'une sans l'autre, de parler à l'une sans que l'autre ne réponde à sa place. Ni l'une ni l'autre ne trouvait qu'il s'agissait là d'un véritable problème, puisque d'une part, disait Monica avec la désinvolture qui avait sans doute séduit Pascale, « on s'en fout d'être compris, par qui d'ailleurs ? » et d'autre part, disait l'autre, plus littéraire et d'une sensibilité philosophique, « l'ordre que tu crées, peu importe qu'il s'agisse de quelque chose de chaotique, puisqu'un chaos montré comme tel ce n'est déjà plus un chaos ». Ce n'était pas très convaincant et je m'étais dit qu'il était possible de voir les choses de cette façon seulement pour qui avait malgré tout le sentiment d'un ordre général des choses, comme un destin qui se débrouillait pour s'accomplir, peu importe ce qui arrivait et tous les ratés de sa vie et le n'importe quoi toujours plus dominant de nos existences. Ce qui n'était évidemment plus mon cas du tout. Et puis, m'étais-je dit en les regardant se regarder l'une l'autre, complices, le plus difficile, quand on est dépourvu de tout sentiment d'un destin quelconque, c'est de vouloir ce n'importe quoi malgré tout, tel quel, sans rien y changer. Vouloir ce qui a voulu à notre place. Dire à tout cela, l'ordre et le bordel, les dieux et le théâtre, l'Amérique et la musique, le père, ses désirs et le refus de tout cela : oui, je le veux ! Exactement pareil, que tout soit identique et éternellement le même, aussi confus, aussi ambigu et incompréhensible. Exactement comme ça s'était déroulé, que tout cela revienne de la même façon, que je sois aussi illuminé par la poésie de mon enfance et aussi désorienté dans la prose sans fin de ma vie adulte, oui, je le veux ! Que je cherche éternellement à sortir de ce labyrinthe humain et que je n'y parvienne jamais : oui, je le veux !

En avalant d'un trait ce qui me restait de scotch, c'était venu tout seul : « Oui, oui, je veux bien. » Pourquoi avais-je dit cela à voix haute ? Réaction immédiate de Monica, l'œil pétillant en se levant pour danser un peu sur la salsa qui passait en boucle : « Ah ouais, tu veux bien... » Pascale aussi s'était levée avec un petit sourire en direction de Monica, puis je les avais regardées danser toutes les deux, entrelacer leurs bras qui ne se touchaient pas comme le font avec leurs becs et leurs cous les fous de Bassan, formes en mouvement qui menaçaient à tout instant de tourner au disgracieux et qui me rappelaient que le chaos est surtout dans l'œil de celui qui regarde et que la beauté émerge souvent de l'ondulation de formes laides en elles-mêmes.

Pourquoi n'avions-nous jamais dansé, Pascale et moi ? J'aurais aimé chercher son âme, comme le faisait Monica, en esquissant autour d'elle des mouvements abstraits. Compositeur, j'aurais pourtant dû aimer ces mouvements esquissés dans le vide qui cherchent à faire parler les âmes, mais pour une raison inconnue, j'ai toujours préféré laisser les instruments s'exprimer à ma place. Trop difficile pour moi de donner mon corps en pâture aux regards et surtout de le laisser dire ce que peut-être je ne voulais pas entendre. Était-ce pour cela que je ne dansais jamais ? Vraiment ? Hmmm, non, c'était faux, je dansais à l'occasion, mais j'étais toujours trop ivre pour m'en souvenir distinctement et je préférais effacer tout cela de l'ardoise saturée où figuraient en désordre les événements de ma vie, comme un menu de restaurant devenu illisible à force d'avoir été raturé. Pourquoi me souvenir par exemple de cette fois où, dans un état trop avancé pour faire autre chose que me dandiner sans grâce, dépensant toute mon énergie à bouger pour suer, réinventant le YMCA sans rien y ajouter, j'avais couru littéralement après une jeune fille qui s'était enfuie, paniquée, croyant avoir affaire à un violeur ?

Ce soir-là, l'appartement où l'on m'avait invité était saturé de musique. Il était impossible de s'entendre parler ; alors tous buvaient sans dire un mot en cherchant le prétexte pour s'approcher de la seule femme qui restait seule, à tenter de s'insérer dans le rythme. J'étais déjà assez saoul à l'arrivée, alors ça n'avait pas été difficile. Je ne m'étais pas assis à côté d'elle tranquillement, lui faisant des manières ou je ne sais quoi, non, pas du tout, trop compliqué. Il faudrait plutôt dire que je m'étais jeté sur elle en cherchant mon équilibre, trébuchant sur des chaussures qui traînaient, m'affalant sur elle en riant comme un idiot, me relevant comme s'il ne s'était rien passé et l'invitant à danser, en tout cas à bouger.

Le pouvoir de persuasion des ivrognes. Elle n'avait pas osé dire non, tout comme il m'était impossible de ne pas céder devant ce mendiant de la rue Saint-Denis qui puisait son inspiration dans son ivresse et qui n'était jamais à court de rimes faciles ou de grandes tirades antigouvernementales. Cela faisait bientôt dix ans que je le croisais, toujours au même endroit, et jamais je ne l'avais entendu se répéter depuis cette première fois où il était venu me voir, alors qu'un attroupement se créait autour de je ne sais quoi et qu'il m'avait chuchoté ce grand secret : « Qu'est-ce qu'ils cherchent tous ? C'est moi qui l'ai vu, l'ours. » Comment faisait-il pour ne pas se lasser de ses propres rimettes ? Sans doute la gnôle lui donnait-elle l'assurance impériale que tout ce qu'il proférait était implacable, aussi impérissable que les vers d'airain des grands poètes. De la même façon sans doute me croyais-je un grand danseur en faisant tourner cette jeune femme sans suivre le moins du monde le rythme, d'ailleurs insupportable, de la musique qui nous encrassait les oreilles ce soir-là. Je bougeais tellement *off beat* qu'elle s'était rapidement lassée, me fuyant de manière de plus en plus ostensible, jusqu'à ce qu'il me faille littéralement courir après elle sur la piste et qu'elle décide de s'en aller pour ne plus avoir à me subir, moi et mes grands mouvements saccadés de héron cherchant à s'accoupler. Impossible de sortir de ce décalage, je ne collais décidément à rien.

Que fallait-il faire ? Le nouvel état de Pascale n'avait rien changé au fond de l'affaire. Lesbienne ou hétéro, cela revenait au même, je recevais de nouveau ses appels angoissés lors desquels j'entendais les crépitements de la ligne téléphonique pendant ses longs silences. C'était un problème de fond auquel je ne pouvais rien, sauf écouter, même si ça n'avançait en rien la situation. J'avais même l'impression quelquefois, tant ses silences étaient longs, qu'elle n'était plus là, qu'elle s'était volatilisée entretemps, qu'elle avait décidé de disparaître entre deux paroles. Elle l'aurait souhaité, tant les minutes lui paraissaient longues et tant elle se sentait emprisonnée dans cette vie. Que faire face à un tel problème, qui n'avait absolument rien de théorique ? Il n'y avait pas de fardeau plus lourd que cette impuissance. C'était tellement désespéré que j'en devenais totalement dépourvu de compassion ; pendant qu'elle parlait, je griffonnais machinalement de petites notes auxquelles je reviendrais au moment de me mettre au travail. Tout ça se transformait en un vaste morceau a capella dans lequel j'entendais une voix qui s'essayait à chanter sans y parvenir, bredouillant quelques mesures, s'égosillant à ne pas chanter. Je poussais même l'horreur jusqu'à intégrer à ma pièce les crépitements téléphoniques. Je trouvais cela très beau, et complètement inhumain.

Je dormais très mal et ne rêvais plus. Du fond de mon lit, je regardais les objets autour de moi à la lumière de ma veilleuse. Tout était trop en ordre, comme si c'était la chambre d'un mort. Une impression d'enfoncement en moi-même survenait parfois, la délivrance était proche, mais aussitôt que j'éprouvais la joie de me voir emporté, tout m'était retiré sur-le-champ, et je rentrais de nouveau dans mon lit, attendant encore et toujours de m'endormir. L'objet de nos désirs ne nous étant donné que lorsqu'on ne le désire plus, je savais bien qu'on ne trouve la joie du sommeil que dans l'indifférence la plus parfaite. La question « Es-tu prêt à mourir ? » n'a aucun sens, car c'est quand elle ne nous délivrera de rien que la mort nous délivrera vraiment. Il faut être déjà mort pour être prêt à mourir. Ce qui n'était encore une fois pas mon cas, malgré les apparences de mort-vivant que je traînais partout avec moi.

Pour que revienne ce sommeil annonciateur du retour des dieux, j'essayais de me rappeler son effet et ses signes afin de les provoquer de nouveau. « Ferme les yeux et ne pense à rien », me disais-je en tentant d'abolir toute pensée. Puis, dans l'obscurité la plus complète, ce pourrait être le jour, ce pourrait être la nuit, je ne voyais rien. Je n'essayais pas de distinguer des formes ni même le lieu où j'étais, c'était inutile. Une seule chose visible, par contre, se détachait peu à peu de ce noir qui m'entourait : comme des points qui scintillaient et se rapprochaient de moi, des lignes lumineuses se froissaient en se frôlant. Elles étaient mises en mouvement par une sorte de répulsion électrique lorsqu'elles se touchaient. La blancheur de ces lignes m'hypnotisait. Si je me concentrais sur leurs mouvements, leurs ondulations déraillaient soudain, se brisaient. Il m'était difficile de contempler ce chaos sans que ma poitrine ne se serre. Mais si je les laissais onduler sans me soucier d'elles, sans tenter même de les regarder, sans chercher à comprendre de quoi il s'agissait, tout rentrait dans l'ordre et leurs calmes ondulations reprenaient leur cours en m'apaisant. Il n'y avait rien à craindre, je le savais maintenant, car tout cela, ce n'était que mon cœur qui battait. Rien d'autre que mon cœur qui battait dans le vide du monde.

•

Lorsque survenaient, au cœur de l'insomnie, ces moments d'enfoncement, on aurait dit que le nerf central de mon être se disloquait et que je quittais la scène sur laquelle se déroulait mon existence, que j'entrais dans le public et assistais à mon tour à ce qui se passait dans le théâtre de ma pensée. Le fond de mon être était fait d'images qui prenaient leur essor quand je me quittais. Elles se mettaient à exister selon leur rythme ; elles apparaissaient d'un seul coup, entraient en scène par le côté transversal de ma pensée et disparaissaient aussi subitement, poussées par la nouvelle image qui survenait tout aussi brusquement. Dans ces moments bénis, je n'étais pas le sujet des images qui me venaient, et c'était cette bénédiction que je peinais à retrouver.

Au bout de quelques mois de délaissement, alors que je pensais devoir vivre le reste de mes jours sans Cela qui m'avait frappé dès mon enfance comme une lumière coulant à grand débit, tout était revenu subitement. Au beau milieu de la nuit, sans raison, ça y était, l'accès aux images m'était redonné, j'étais enfin délivré de tout ce prosaïsme et je pouvais me couler dans la prochaine image, prendre sa vitesse et me fondre en elle. J'avais retrouvé leur rythme et leur langage. Les présences étaient revenues et j'étais de nouveau léger, transparent et sans résistance. J'étais couché sur le dos et il me semblait qu'une sorte de dôme en verre s'était constitué au-dessus de moi. Je me sentais enfoncer progressivement dans le matelas, descendant au fond d'une rivière imaginaire, quand les images étaient survenues en glissant sur le dôme, déformées par sa rondeur, comme des flamants blancs fuyant l'hiver dans un essaim majestueux. À mes pieds, des personnages imprécis et des objets affluaient à ma conscience comme les remous dans une rivière (des brindilles éparpillées sur une terre rouge, des feuilles d'arbre qui remuaient dans le vent, une vague qui se perdait dans la suivante, une main qui se refermait sur un caillou). Ces images passaient au-dessus de moi en se moulant sur la rondeur du dôme et en suivant un rythme régulier, jusqu'à ce qu'elles soient prises d'une panique soudaine, comme des animaux fuyant un incendie de forêt. Un bruit de galop d'abord lointain s'était intensifié lentement, s'était rapproché, faisant fuir toute image. Je ne voyais que du noir, mais je l'entendais parfaitement venir vers moi au grand galop, ce cheval qui avait fondu sur moi en hennissant de toute sa puissance musculeuse. Cheval imaginaire qui me donnait l'image de mes forces revenues, des dieux qui m'habitaient de nouveau. Tout de suite après, il n'y avait plus eu que du noir. Impossible de me souvenir du reste, un sommeil profond m'avait enveloppé.

Au matin, j'étais sorti de chez moi par la cour arrière et j'avais regardé longuement les immenses faux-trembles surplombant le stationnement. Il faisait sombre et le gravier parsemé entre les voitures avait du bleu et du gris. En traversant le stationnement pour aller acheter du café, j'avais vu les feuilles jaunes et rouges dispersées prendre soudain l'air de nénuphars flottant à la surface d'une eau peu profonde. En pleine ville, le calme d'une forêt était apparu. Le grand chien noir, immobile en haut de l'escalier, avait au-dessus de lui une arche qui l'enveloppait et lui donnait une prestance de cerbère, gardien d'un territoire de brume donnant sur la forêt, au beau milieu du centre-ville. Ce moment de transfiguration n'avait duré qu'un instant, quelques secondes qui avaient été suivies d'une très forte impression de moi-même où, après avoir vu Cela survenir, ma propre présence se regardant voir avait repris toute la place. Comment faire pour que Cela survienne sans moi, pour que je ne gâche pas cette arrivée en essayant d'y présider ? C'était sans doute pour laisser tout Cela agir de soi-même que Pascale avait voulu partir et qu'elle le voulait de nouveau. Peut-être n'y avait-il plus que Cela quand nous n'étions plus là, un stationnement qui se changeait indéfiniment en rivière, des métamorphoses sans fin qui nous avaient donné forme et nous l'enlèveraient bientôt.

À partir de ce moment, je compris qu'importait peu le lieu où j'habitais, ville ou campagne, au milieu des arbres ou des voitures, cela ne changeait rien, mais seulement la capacité à percevoir le réel à travers l'ordinaire le plus plat. Je m'exerçai à promener mon regard sur tout et rien en y cherchant chaque fois ce qui ruisselait juste en dessous ou qui explosait silencieusement au visage de tous sans que personne n'y prenne garde. Assez rapidement, j'avais retrouvé quantité de ces moments, un peu partout, à tout instant, Cela se retournait et me raccordait avec cette lumière de mon enfance aperçue aux vitres de la salle de classe ou à cette toute jeune fille qui dansait en petite robe blanche sous les vitraux de l'église. Il n'y avait pas d'autres événements en ce monde que ces apparitions. Que ce petit arbre jauni, juste devant moi, qui perdait ses feuilles dans le vent, au coin de la rue. Oui, quelque chose de majeur se produisait là, à cet instant précis, la Présence elle-même se montrait aux yeux de tous. L'image était nette : les lignes verticales des branches demeuraient bien tendues pendant que les feuilles s'enfuyaient à l'horizontale en suivant des directions aléatoires. Le vent dépouillait lentement cet arbre avec une grâce infiniment douce.

J'étais resté un petit moment à le regarder, pendant que des passants m'observaient du coin de l'œil, se demandant sans doute ce que je pouvais bien faire planté là. Peut-être cet homme cherchait-il un coin tranquille pour pisser ? Quelques-uns avaient remarqué l'arbre, sa beauté, poussant quelques exclamations. Mais ce n'était pas assez pour retenir leur attention plus longtemps. Ils passaient alors leur chemin. Pourquoi n'y avait-il personne qui s'attroupait autour de cet événement ? Il aurait dû y avoir une foule de gens silencieux qui se seraient arrêtés pour voir enfin, pour voir tout simplement le fond des choses aussi facilement visible, dans une ouverture tellement vaste que personne n'y prenait garde.

Mais c'était moi qui ne voyais rien. En fait, même s'il n'y avait apparemment personne, une fois calmé je compris qu'ils y étaient, je pouvais les sentir de nouveau. Ils étaient rassemblés autour de cet arbre qui perdait ses feuilles, ils demeuraient cois, mains jointes derrière le dos, ensemble dans une liturgie improvisée qui disparaîtrait aussitôt que l'arbre n'aurait plus de feuilles. C'étaient eux qui, sur les battures de la mer, au Nouveau-Brunswick, me regardaient bûcher les peupliers, peuple des ancêtres, spectres qui n'avaient plus de noms et n'en voulaient pas, gardiens des images endormies, voix muettes qui approuvaient les découvreurs d'événements imperceptibles. Ils étaient partout et nulle part, susceptibles d'apparaître à chaque acte nouveau, comme le chœur invisible d'une pièce sans âge dans laquelle, cette fois, j'allais accepter de jouer.

L'ange et le manitou

Dans le ciel immense de Winnipeg, où j'habitais maintenant seul comme un oiseau migrateur égaré, un coup de feu avait retenti, se répercutant en écho parmi les buildings du centre-ville. Échoué dans cette ville par le hasard des professions, je marchais dans la neige en raquette sur le bord de la rivière Assiniboine, qui traversait la ville et ramassait ses déchets avec indifférence. Je m'étais arrêté. À quoi rimait ce coup de feu, comme une semonce de chasseur d'oies en pleine ville ? Ce bruit dérangeait ma méditation, poursuivie sans relâche afin de mener à bien cette partition qui n'en finissait plus de m'accabler. Je devais mettre en forme ce que le paysage m'avait appris, et surtout ce que m'avait enseigné le sentiment de déréliction terrible que je venais de conjurer comme par miracle. Convalescent cherchant à revenir parmi les vivants, à m'insérer parmi eux sans qu'ils s'en rendent compte, je devenais peu à peu l'un des leurs, moi, fils de Polonais initié aux secrets d'un paysage nouveau, rêvant d'Amérindiens improbables et de divinités sans visage. Je m'étais perdu et retrouvé. J'en éprouvais une joie qui me semblait invincible, mais qui me faisait néanmoins craindre ce coup de feu inattendu au beau milieu d'une ville.

De temps en temps, on entendait des détonations à Montréal, et ce qui venait aussitôt en tête, c'était évidemment un meurtre, un crime passionnel ou un règlement de comptes entre trafiquants. Mais ici, dans cette petite ville entourée de milliers de kilomètres de vide et de verdure, ces explications ne semblaient pas à leur place. En continuant à m'enfoncer dans la neige, j'observais les signes qui bordaient le sentier: on voyait des traces d'écureuils, bien sûr, mais surtout de lièvres et même de chevreuils. C'était une ville trouée de présences forestières. Lors d'une promenade en pleine nuit dans un petit cimetière, j'avais croisé un faon qui était resté planté devant moi immobile, dans la lumière des projecteurs placés tout près du sol, parmi les tombes. Dix minutes à se regarder face à face, dans un éclairage de rencontre surnaturelle, sans bouger, sauf des yeux, sans comprendre ce que cet animal pouvait bien vouloir, sachant qu'il ne voulait probablement rien et qu'il n'avait tout simplement pas peur des hommes, en tout cas pas de moi. Oui, ça devait être la cause du coup de feu, un animal avait dû surgir de cette façon, comme dans un conte médiéval, se plantant devant un Amérindien qui n'avait pas su résister à la tentation de sortir sa carabine et de lui tirer dessus à bout portant, seulement pour assouvir un vieil instinct qui coulait encore dans son sang malgré les années passées dans ce centre-ville qui ne ressemblait à rien, surtout pas à une forêt ou à une plaine.

Il se pouvait aussi que ce soit autre chose. On m'avait souvent raconté qu'à l'approche de l'hiver, dans le nord, certains Amérindiens plus démunis que les autres sortaient quelquefois, presque nus au milieu de la place, et se mettaient à tirer des balles en l'air, jouant aux bandits pour attirer l'attention des policiers et se faire embarquer afin de passer quelques semaines en cellule, protégés du grand froid qui allait commencer. J'aurais voulu comme eux, me faire embarquer pour l'hiver et ne plus penser à rien. Me gaver de silence et d'immobilité comme une brute imbécile.

Enfin, après tout, peu importait l'origine de ce coup de feu — j'avais continué à marcher lentement dans la neige qui s'épaississait. Car simplement en m'amenant à chercher d'où elle pouvait provenir, la détonation avait créé dans le paysage une sorte de creux autour duquel je prenais position, pas seulement moi, mais tous ceux qui l'avaient entendue et que j'imaginais former une communauté nouvelle: le pompiste de la petite station-service, la vieille qui avait soulevé le rideau pour voir ce qui se passait dans cette rue où jamais rien ne se produisait, cet automobiliste qui s'était arrêté au milieu de la route, c'est-à-dire tous et chacun surpris dans leurs occupations, comme s'ils étaient des passants ordinaires de Pompéi figés pour toujours dans leurs poses, à ce moment précis et parfaitement banal. En marchant dans la neige, je n'étais plus seul, j'étais accompagné d'un vide qui me reliait aux autres et qui nous avait saisis comme des personnages dans un vitrail.

En descendant au bord de la rivière, je m'étais laissé intercepter par la neige déposée sur les branchages. Aucune cathédrale ne pouvait rivaliser avec la complexité du réseau de ces branches ou avec la finesse des entr'aperçus de lumière filtrant à travers ce boisé. La rivière, déjà, commençait à dégeler. On voyait ses eaux terreuses, par flaques, dispersées à travers la glace, comme le pelage d'une vache irréelle, brun et argenté. C'était assez beau pour me réconcilier un moment avec les vaches de Borduas. En fouillant autour, j'avais trouvé quelques cailloux d'assez bonne taille, que j'avais lancés sur la glace pour voir si elle tiendrait, et non, elle avait cédé, éclaboussant d'eau terreuse ce qui restait de glace. Un gâchis. Pourquoi avoir fait cela? Quelques instants de réflexion pour me convaincre que ce n'était pas un geste gratuit, destructeur, trop humain, mais plutôt un geste rituel, le même que font tous ceux qui tombent sur une glace fraîchement figée et qui tentent de la briser comme pour tester son aspect irréel. C'était aussi bête que cela, aussi stupide que de prendre possession d'un lieu, d'une chose: il me fallait la marquer, quitte à changer considérablement son aspect. Le Borduas tacheté de la rivière s'était ainsi changé en un gribouillis qui me ressemblait beaucoup plus, dont les lignes échevelées et les éclaboussures fléchées pointaient dans toutes les directions. Ma vie en était à ce carrefour aux multiples voies.

En remontant vers la ville, j'avais croisé un Amérindien complètement ivre. Il y en avait partout ici, Métis, Cris et Ojibwas qui s'ennuyaient à se jeter dans la rivière. L'homme m'avait demandé, dans un marmonnement incompréhensible, quelque chose que je croyais ne pas avoir, de l'herbe ou du feu. Mais il n'y tenait pas tellement, c'était simplement une manière d'entrer en contact. Impossible de savoir pourquoi, peut-être parce que je n'avais pas l'air d'être d'ici, il voulait plutôt me montrer de quelle manière il s'y prenait pour abattre un orignal quand il l'apercevait au loin, qu'il s'agenouillait, épaulait sa carabine, prenait bien soin d'ajuster l'animal dans son viseur, et appuyait sur la détente, accusant la force du contrecoup dans l'épaule. Après avoir mimé son rituel en chancelant un peu, il s'était relevé, m'avait souri de toutes ses dents, même avec celles qui lui manquaient, m'avait pris par les épaules et serré contre lui (il empestait l'alcool), et m'avait assuré que nous étions frères pour la vie. Et pourquoi ne l'aurions-nous pas été, tous deux traqueurs de bêtes imaginaires?

Désœuvré, j'avais décidé de faire confiance au destin qui avait mis cet Amérindien sur ma route. Après l'accolade, mon «frère» m'avait donné l'adresse d'un bar du centre-ville où je devais rejoindre son groupe. Il y aurait des gars de différentes tribus, mais vivant pacifiquement, m'avait-il assuré en râlant d'une manière qui se voulait Far West: «*We live peacefully, man.*» À ce bar, nous boirions pour ensuite passer aux affaires sérieuses, c'est-à-dire nous enfoncer dans la plaine et rencontrer le *manitoo waba,* la voix du Grand Esprit qui donne son nom à la province du Manitoba. Rien de moins.

Ça risquait de tourner au désastre, évidemment. Soit ils se foutraient de ma gueule de petit Blanc et ils profiteraient de la moindre seconde d'inattention pour m'assommer et me dépouiller, soit ils se prendraient au sérieux et ils m'obligeraient à exécuter des manigances autour d'un feu ou à mimer des singeries auxquelles ils ne croyaient plus eux-mêmes et qu'ils ressuscitaient pour le spectacle. Rien de bon ne pouvait sortir d'une telle rencontre, mais, le lendemain, je m'étais quand même rendu au bar, mû par je ne sais quel instinct. L'enseigne mentionnait bien sûr les inévitables *topless* et les courses de chevaux sur écran géant. Et l'enseigne ne mentait pas: en entrant, il était impossible de manquer les trois femmes nues qui, sur scène, s'enroulaient autour du traditionnel poteau de circonstance, pendant que les pseudocowboys consultaient le bas des écrans pour confirmer la place du cheval sur lequel ils avaient misé. Tout était en ordre, les signes correspondaient aux réalités, si médiocres soient-elles.

J'avais aperçu mon Amérindien de la veille, accoudé au bar et déjà passablement éméché. Il était seul. Grand sourire de satisfaction en me voyant. Il avait délaissé son verre et m'avait pris dans ses bras avec cette convivialité des frères de sang que nous étions. Cela ne me surprenait plus, c'était visiblement dans ses manières. Ce qui m'avait surpris un peu plus était ma propre réaction : j'avais répondu très chaleureusement à son accolade, malgré son odeur d'alcool, persistante et encore plus insupportable parce que mélangée à celle de la sueur. J'avais voulu me rendre son égal le plus rapidement possible, alors nous avions bu, comme prévu. Et nous avions contemplé les danseuses, comme convenu. Nous avions décidé que celle-là n'avait rien de séduisant, mais que celle-ci, nous l'emmènerions bien avec nous dans la plaine. Elle savait bouger et avait quelque chose dans le regard, disait Kevin (décevant comme nom, trop occidental à mon goût). En sortant cette phrase de film de série B, il regardait en l'air et frottait son index et son majeur contre son pouce comme pour palper le *something in her eyes* qu'il répétait frénétiquement entre ses dents avec sa voix fêlée qui tentait vainement d'imiter le chanteur Neil Young, natif de la ville, ce dont tout le monde tirait grande fierté, peu importait sa tribu d'origine, Blanc, Rouge ou Noir.

Au bout de dix minutes, j'étais déjà un peu saoul et je m'étais risqué à demander à Kevin si l'on y allait bientôt, dans cette fameuse plaine. « *Wait a minute* », avait-il répondu en levant la main à la manière des Indiens de bandes dessinées. Puis il était parti dans les coulisses, en était revenu dix minutes plus tard, l'air très satisfait. « *She comes with us.* » La danseuse qui avait « quelque chose dans le regard » était donc venue avec nous dans le camion de Kevin, et nous avions roulé deux bonnes heures, au milieu de nulle part, dans un paysage qui ne variait pas : le dôme d'un ciel immense tournait sur une plaque de terre plate et sans fin. On voyait à des kilomètres devant soi, rien à déclarer de tous les côtés.

Puis Kevin avait coupé les moteurs, sans dire un mot il était sorti, laissant la porte du camion grande ouverte. Il s'était enfoncé dans le paysage et nous avait laissés, la danseuse et moi, nous entreregarder bêtement et chercher quelque chose à dire. Au dehors, un silence lourd et profond nous englobait. Quelqu'un avait cogné soudainement à la vitre de la danseuse, qui était assise dans le siège du passager. C'était évidemment Kevin, qui nous disait de déguster ça, cette petite chose brune qu'il tenait dans la main et qui ressemblait à un champignon. La suite s'annonçait encore plus misérable que prévu. La danseuse avait baissé la fenêtre et nous nous étions exécutés, à la grande satisfaction de Kevin. Nous étions sortis à notre tour du camion, quelques instants plus tard Kevin avait crié dans la nuit une sorte de gloussement de coyote, *halilililili*, puis plus rien.

Je m'étais retrouvé seul à marcher dans toutes les directions, aucun obstacle ne me détournant de mon chemin. À faire des pas sans fin dans la plaine, noire de silence, je perdais de vue l'emplacement du camion et mon corps semblait de plus en plus léger, mon ossature se faisait moins lourde et mes membres s'effaçaient dans l'absence de repères. Il n'y avait plus vraiment de sol, mais je marchais quand même, je survolais légèrement le sol, mes foulées ne touchaient plus terre, effectuant des moulinets dans l'air. Tout doucement, mon corps avait basculé vers l'avant: je planais maintenant, littéralement, au ras du sol, à une vitesse invraisemblable. Je battais des ailes, oui, j'avais des ailes et des plumes. J'étais un ange. Non, j'étais une oie et je m'envolais à une bonne hauteur avec une facilité déconcertante. Tout en bas, j'apercevais Kevin et la danseuse, restés au sol et dont les corps s'enroulaient tout près du camion. La danseuse hurlait par moments en balançant la tête en arrière, pendant que leurs corps battaient la terre sèche et ondulaient au rythme des cris, puis devenaient une seule ligne très pure qui disparaissait dans le noir. Puis tout s'était arrêté, ligne, mouvement, envol. Il n'y avait tout à coup plus rien. Absolument rien, pas même de noirceur. Rien qu'une vague musique très lointaine, une sorte de note continue qui pulsait toute seule dans le vide et sans interruption. Une voix très profonde s'était mise à parler, aussi rauque qu'un moteur de camion. La voix s'était d'abord raclé la gorge, comme si elle n'avait pas conversé depuis fort longtemps, puis, sans hésitation, je lui avais répondu, tout naturellement, dans un langage inconnu. Ce soir-là, j'avais parlé avec la grande voix du paysage, dans le noir sans espace, au cœur de ce nulle part où il n'y avait plus de géographie, ni de temps. Impossible de me souvenir de ce que nous nous étions dit, car nous avions parlé d'âme à âme, laissant les vulgaires significations humaines derrière nous, nous avions dansé corps à corps, laissant les vulgaires organes immobiles au sol, nous avions chanté en confondant nos voix à la note continue qui tapissait le fond sonore de l'univers. J'étais une oie parlante qui conversait avec des présences ancestrales. Kevin avait dit vrai, il y avait un manitou dans la plaine.

De l'air entre les doigts

Alors que partout ailleurs on en était à se demander ce que l'on pourrait bien faire de toutes ces églises coûteuses à entretenir et pas vraiment belles, ici, c'était incroyable, on en construisait une nouvelle, juste au coin de la rue. Sans doute cette nouvelle église ne serait pas non plus très esthétique. Les premiers murs de béton et de fausses briques laissaient prévoir le pire, quelque chose comme une version à peine améliorée des églises des années soixante que l'on voyait encore éparpillées dans le paysage, au beau milieu des villages désaffectés ou remplis de vieillards. Peu importait, je n'en étais plus à ce genre de détails. Je regardais les travailleurs se mettre à l'ouvrage autour du nouvel édifice quand j'avais aperçu, sur un petit écriteau de bois, les lettres peintes à la main: *Now hiring*. Le lendemain j'étais avec eux, en bottes Kodiac, jeans usés, gants de construction et vieux tricot de laine trouvé dans une friperie. Je m'étais rapidement rendu compte que tous ceux qui travaillaient avec moi ne connaissaient rien à la construction, qu'ils exécutaient simplement les ordres du petit moustachu, qui semblait lui-même parfaitement indifférent au déroulement des travaux, assis sur un tas de fausses briques à fumer machinalement, une bière à la main.

Au bout de quelques jours, j'avais dû me rendre à l'évidence. J'aurais voulu y croire, mais rien n'y faisait, les martèlements, les frottements de truelles, il n'y avait rien de musical ni là-dedans, ni dans ma vie, ni nulle part d'ailleurs. Après quelques semaines, j'étais revenu au désespoir de Montréal et de l'île du Nouveau-Brunswick, et il n'y avait tout simplement plus aucune forme de musique dans ma tête. J'avais fini par gagner contre moi-même et contre mon père ce combat dans lequel j'avais pris parti pour ce qui m'enlevait tout destin, et l'existence redevenait une erreur. Je n'étais occupé que d'une chose, ne pas flancher, suivre les travaux jusqu'à ce que tout soit terminé, ne tenir compte d'aucune différence, contribuer à tous ces projets jusqu'à l'épuisement complet. M'abrutir devenait une finalité en soi, histoire qu'il n'y ait plus d'histoire à raconter, plus rien à dire, chut ! Taisez-vous, on ferme les livres.

Un soir, avec Marcel, l'un des seuls francophones du chantier, nous avions bu jusqu'à plus soif, comme à l'accoutumée, quand soudain, sans avertissement, en regardant les outils laissés sur le chantier par les ouvriers partis manger ou retrouver leurs familles, tous ces travaux m'avaient semblé parfaitement absurdes. J'avais fait part de mon désarroi à Marcel, qui était du même avis et qui aurait été d'accord avec n'importe quoi pourvu que ça s'arrose. Nous avions chanté toutes les chansons que nous connaissions et même celles qui nous étaient inconnues, nous nous étions monté le bourrichon, avions décidé sans trop y croire de grimper dans la grue dont Marcel était l'opérateur et, à grands coups de « Yaa ! Vas-y, Marcel », nous avions détruit, section par section, méthodiquement, malgré ou grâce à notre ivresse, tout ce qui tenait debout de cette église mal bâtie.

En descendant du grand mât de la grue, nous avions vu les policiers nous attendre tout en bas, et je n'avais pu retenir un grand rire dont je ne me savais pas capable. Quelque chose de ricanant et de puissant à la fois, une sorte de rire du diable s'était emparé de moi. Marcel aussi trouvait les flics hilarants dans leurs costumes officiels. Certains ressemblaient à des pingouins, d'autres à des goélands et le plus grand, tout émacié, avait sans contredit des airs d'autruche. J'avais bien essayé de leur expliquer pourquoi ils étaient si drôles, mais l'autruche n'entendait pas à rire et il m'était impossible d'articuler une phrase tellement je riais. Marcel riait-il lui aussi de « ça », c'est-à-dire de leur sérieux, des menottes qu'ils nous passaient aux poignets, de leurs visages impassibles ? Peut-être comme moi ne riait-il de rien de précis, mais de cela aussi ou, mieux encore, du contraste entre rien et cela. C'était un rire à la fois de désespoir et de libération, un rire qui détruisait tout et, comme un vaste incendie dans la plaine sans fin, ne laissait rien sur son passage.

Le juge qui nous avait rencontrés quelques jours plus tard n'entendait pas non plus à rire. Il s'était raclé la gorge, avait bu un peu d'eau, avait prononcé d'un ton ferme : « Deux ans moins un jour. » Il avait fait claquer le petit marteau sur le bois dur, avait refermé le dossier, puis s'était levé et avait quitté la salle promptement. Affaire réglée. Est-ce parce qu'ils jouent le rôle du jugement, d'habitude réservé à Dieu, que les juges ont l'air trop humains en personne, malgré leurs grands habits, le temps qu'ils mettent à prononcer les phrases qu'ils doivent prononcer, avec toutes leurs attitudes protocolaires ? Même si celui-ci avait quelque chose du dindon, l'humain dépassait de sa robe, de tous les côtés à la fois. Dans ses gestes, ses regards, on voyait bien qu'il ne savait pas plus que quiconque quelle était la valeur de tel ou tel geste qu'il jugeait répréhensible et condamnait sans appel en donnant à un crime la punition prévue par le grand livre qu'il tenait en mains.

À force de jouer son rôle, il avait fini par y croire et rendait machinalement la sentence. Mais comment mon juge aurait-il pu comprendre que Marcel et moi avions détruit cette église non par délinquance, mais parce qu'il n'y avait pas de plus fausse représentation de Dieu qu'un tel édifice ? Comment aurait-il pu soupçonner que mon geste condamnait cette imposture et la sienne par avance, et qu'à ma façon je rejetais ainsi toute tentative humaine de représenter quelque chose s'approchant du divin ? Juge, église, musique, vous n'êtes que de pâles copies des présences, vous n'êtes que des formes vagues se mouvant dans une lumière qui, à la toute fin, vous engloutira.

À quoi bon tenter d'exprimer tout cela ? J'avais le droit de passer chez moi chercher quelques affaires personnelles, après quoi on m'emmènerait à Fort Calahan dans un édifice assez bas, mais long, un vrai labyrinthe en fait, où vous étiez arrêté à tous les cent mètres par de grosses portes métalliques. Je suis resté dans ces couloirs pendant deux ans moins un jour, soit sept cent vingt-neuf jours plus une nuit. Combien de fois n'ai-je pas entendu, du fond de ma petite cellule, le passage d'un détenu rythmé par le tressaillement de ces portes métalliques, qui vibraient l'une après l'autre dans les longs corridors, pendant que le bruit des bottes venait se superposer à l'ensemble comme la seconde voix d'une fugue très lente ? J'étais entré dans ce pénitencier par ce rituel musical comme on entre en enfer. Il n'y avait plus rien à faire dans ce trou à rat sauf écouter les bruits, leurs résonances, leurs correspondances et l'édifice virtuel qu'ils formaient en se répétant et en se répercutant dans les salles vides. C'étaient des phrases de fausse musique toute la journée, sans aucun répit. Tout s'enchaînait sans relâche. Une torture. Beaucoup plus efficace que n'importe quels sévices corporels.

En pleine nuit, alors que tous ceux de mon aile dormaient, impossible d'échapper à la concaténation musicale : le ronflement de ce détenu dans une cellule lointaine, toujours le même chaque nuit, profond et régulier, donnait la pulsation basse, pendant que la petite goutte d'eau qui résonnait au bout du couloir éclatait en timbres aigus et que les reniflements, éternuements, flatulences et grattements de dos se mêlaient à l'ensemble. C'était inévitable et sans fin. Comment sortir de cet enfer ? Ma vie n'était plus qu'une suite de bruits mis bout à bout sur les lignes d'une partition menant à l'infini et que personne ne jouerait jamais. Il n'y avait tout simplement plus rien qui s'y déroulait, c'était l'égalité du même reproduit dans une platitude qui semblait éternelle. Ce qui donnait aux bruits, aux sons et à la musique une puissance démesurée.

Pour conjurer le sort de Fort Calahan, j'avais tenté de l'inverser en appliquant mon vieux remède : au lieu de fuir la musique, je m'étais mis à composer comme jamais auparavant, furieusement, pour sortir de cette partition dans laquelle j'étais emprisonné. J'écrivais de la musique partout et en toutes circonstances : au déjeuner, avec mes codétenus, dans la solitude des toilettes, dans la cour intérieure et bien sûr dans ma cellule. En deux ans, j'en avais écrit assez pour remplir une dizaine de boîtes. Pour les gars du pénitencier, j'étais devenu le « gratteux », parce que j'étais avare de paroles et que je grattais toujours mon foutu papier. Après quelques tentatives de prise de contact, voyant mon absence de collaboration, ils m'avaient laissé gribouiller tranquillement mes petites feuilles blanches en haussant les épaules et en soupirant. Non seulement l'univers était clos, mais il était surtout réductible à des formules assez simples une fois la clé trouvée.

Après ces deux années de quasi-absence, ma détention au pénitencier de Fort Calahan avait pris fin comme elle avait commencé, de manière abrupte, sans rituel, absurde comme un diktat administratif. Je ne me souviens de presque rien de ces temps d'une psychose étrange qui m'avait permis de donner libre cours à la maladie que je combattais depuis la mort de mon père. J'avais exécuté en prison son vœu le plus cher, c'est-à-dire transmuer le monde en musique, les bruits de nos vies en une suite de sons qui se voulaient plus harmonieux, en tout cas plus significatifs. Mais je m'étais en même temps coupé absolument du monde. Cet esclavage était la rançon que je payais pour avoir cru possible d'éviter ce qui m'avait été donné, un rêve, une destinée. L'ayant accomplie en raccourci, en étais-je quitte dorénavant?

Au petit matin, deux gardes s'étaient présentés devant ma cellule, avec des mines d'enterrement et des gestes protocolaires aussi réglés qu'à mon entrée au pénitencier et pendant toute ma détention. Rien à tirer de ces gaillards, pas même un bruit ni une image d'oiseau. Après avoir reçu mes effets personnels, qu'on avait conservés depuis mon arrivée, j'avais fait mettre les boîtes contenant mes partitions dans le taxi qui m'attendait à la sortie et j'avais franchi le seuil du pénitencier sans plus de simagrées. J'avais senti l'air frais du printemps sur mon visage, j'avais vu le ciel tout bleu et les nuages glisser, puis le taxi avait démarré en trombe. Le chauffeur avait d'autres clients à servir dans la matinée, et j'étais peut-être le centième qu'il voyait tout illuminé au moment de sa sortie de prison. Pas de quoi s'attarder inutilement. Nous avions traversé les champs qui séparaient la prison de la ville et le chauffeur avait eu peur quand j'avais déchiré les cartons des boîtes embarquées à mes côtés. Il s'était retourné plusieurs fois vers moi avec des yeux inquiets, avait jeté un regard sur le contenu des boîtes et constaté qu'il n'y avait là-dedans que des feuilles blanches, gribouillées et chiffonnées. Il s'était calmé. Lentement, j'avais ouvert la fenêtre. Il y avait beaucoup de vent et de l'air frais. J'avais pris une grosse pile de partitions et l'avais balancée par la fenêtre. Les feuilles éparpillées dans le vent avaient formé un instant un voilier d'oies avant de disparaître dans le fossé. J'avais balancé une deuxième pile dans le vide, et ça m'avait fait penser à un arbre qui perd ses feuilles un jour d'automne.

Mais c'était le printemps et le vent sentait la terre à plein nez. Il y avait de l'air, il y avait de l'espace, j'avais tout le reste de ma vie devant moi. En laissant ma main traîner dans le vent à l'extérieur du taxi, j'avais senti l'air me glisser entre les doigts. Il me fallait l'admettre sans équivoque possible : je n'avais pas de pieds palmés comme ces oies auxquelles j'avais rêvé pour échapper à la musique, j'étais Samuel Gaska. Gaska, oui, le fils de l'oie, mais aussi Samuel, l'invocateur de dieux. J'avais des mains d'homme, avec cinq doigts bien distincts les uns des autres, et j'allais devenir compositeur.

Éternel retour

J'étais arrivé plusieurs heures avant tout le monde, sous prétexte de m'assurer que tout était en ordre avant la représentation, mais en fait je savais pertinemment que ce n'était que pour être seul, pour bien prendre le temps de me répéter que le nom affiché à l'entrée était le mien et que, oui, c'était moi qui avais composé ce que l'on entendrait ce soir et qui formerait la trame sonore de la pièce qui serait jouée. J'avais une difficulté du diable à m'en convaincre et n'y suis jamais parvenu au fond — mon nom, mon œuvre, ce sont des possessifs illégitimes: un nom n'est jamais le nôtre, ni une œuvre, c'est plutôt nous qui leur appartenons et qui devons les incarner du mieux que nous le pouvons, le temps de leur donner corps et qu'ils nous délaissent. Gaska ou Tremblay ou n'importe quoi d'autre, finalement, ça n'avait plus aucune importance: le projet d'une vie n'est pas de réaliser ce que porte notre nom, mais au contraire de tout faire pour le rendre le plus banal possible, usé comme un caillou millénaire roulé par les vagues sur une plage où personne ne le remarque plus. Encore mieux: c'est en rendant notre nom le plus imperceptible possible que l'on arrive un jour à devenir le citoyen véritable d'un pays, à s'y enraciner et y vivre au même titre que les érables et les goélands. Gaska, ça sonnait comme les chutes d'une rivière d'ici, dans la force et la violence des éclaboussures qui suivent malgré elles le courant.

J'avais terminé mon combat contre l'ange, contre ce double qui n'était, comme tout double, nul autre que moi-même. Dans quelques heures, j'allais me séparer définitivement de ce faux frère qui m'avait forcé à mettre en forme quelque chose, à l'exprimer, comme on dit qu'on exprime le jus d'un citron. Puis j'allais rentrer dans un calme anonyme et bienfaisant. Moins orgueilleux, je baissais la garde et j'acceptais maintenant de n'être que ceci, le père de ma petite œuvre qui à son tour me mettrait au monde, puis m'abandonnerait à mon sort. Cet abandon présumé avait un je ne sais quoi d'attirant et de souffrant à la fois, comme si se conjuguaient dans ce moment où tout me serait retiré la douleur et la satisfaction de la fin. Avant même la représentation, je ressentais déjà toute la solitude qui allait m'engloutir dans quelques instants. Je n'en avais aucunement la crainte, car je l'avais éprouvée dès le premier jour. À vrai dire, je souhaitais cet abandon depuis le moment même où j'avais accepté de relever le défi que m'avait légué mon père — celui du destin de musicien —, que j'avais ensuite refusé en me réfugiant dans une mythologie ailée. Et voilà qu'était venu le moment de cette séparation souhaitée. Une fois la représentation terminée, je serais enfin délivré, ce serait doux et souffrant, mais j'allais en finir une fois pour toutes avec cette oscillation perpétuelle entre accepter et refuser la ligne qui m'était tracée.

Quelques mois avant ce moment impossible à vivre qu'on appelle « la première », depuis l'hôtel où je débarquais maintenant régulièrement quand je venais à Montréal, j'avais lancé un coup de fil à Catherine pour lui dire que, malgré mon silence radio des dernières années, j'avais fini par créer quelque chose et lui demander si elle était toujours intéressée par ma partition, même avec un retard de plus de deux ans. « De toute manière, rien n'a encore eu lieu», avait-elle répondu, laconique. Au bar où nous nous étions donné rendez-vous, un étrange silence régnait, nous n'avions pratiquement rien à nous dire, tout était su d'avance: oui, nous coucherions ensemble et non, ça n'aurait aucune signification. À quoi bon d'ailleurs? La seule chose qui importerait désormais serait le tas de feuilles rayées et tachetées de petits signes que je lui laisserais avant de partir, et surtout ce qu'elle réussirait à en faire. C'est ainsi que s'enfantent les œuvres, par insémination d'images, passation de symboles et transfert de désirs. Ce qui aurait eu pour conséquence que non, finalement, nous n'aurions aucun autre rapport physique que celui d'une main tendue acceptée par celle de l'autre, quelques bises d'usage et la remise des satanés feuillets qui tombaient enfin entre ses mains expertes à convertir les petits gribouillis illisibles en événements artistiques d'envergure où chaque fois accouraient une quantité surprenante de spectateurs et de journalistes en ce moment de désertion de tous les arts.

Quelques minutes avant que le spectacle ne commence, trop nerveux pour rester en place, je sortis fumer une cigarette, ressuscitant pour l'occasion une vieille habitude, sorte d'hommage à mon adolescence aujourd'hui complètement anachronique, où nous dépensions notre énergie et notre santé à joyeusement tout bousiller. Dans ce printemps frisquet, je n'avais pas froid. La neige se répandait en flocons légers sur la ville. Il n'y avait que du blanc mêlé de jaune et de gris. J'étais engourdi, les bruits semblaient s'endormir eux-mêmes avec le jour qui tombait. Mais cet ensommeillement me rappela à moi-même: voilà, plus aucun moyen de fuir, c'était maintenant l'heure, les gens étaient déjà arrivés, ils étaient même déjà assis dans l'amphithéâtre pour la plupart, et les retardataires pressaient le pas, certains couraient presque. Je me tenais dans un recoin à l'entrée, tout près de la billetterie, anonyme, attendant le moment propice pour me fondre parmi les couloirs et les rideaux. Je demandai bien sûr à toutes les puissances qui m'étaient favorables en ce monde et dans l'autre de me venir en aide ou plutôt de donner leur bénédiction à la naissance de cet être informe que nous allions présenter au monde.

Tous les spectateurs étaient maintenant bien installés, leurs murmures avaient cessé et les lumières avaient progressivement montré sur scène un homme nu faisant face à un arbre, dansant en circonvolutions lentes et étranges autour du végétal, et pan! tout avait démarré d'un seul coup avec l'attaque des violoncelles, puis avec le chœur qui s'était élancé très au-dessus, absorbant longuement toute l'action et nappant la danse de l'homme nu qui mimait à présent une sorte de culte informe à des dieux inconnus. Ouf! c'était parti pour deux heures, le décollage était effectué, restait maintenant à ne pas se casser la gueule avant d'atterrir. Je m'étais réservé le rôle de percussionniste, attendant patiemment le moment venu d'entrer dans le jeu. Mais en regardant depuis les coulisses cet acteur fabuleux attirer toute l'attention sur lui par sa danse ou son jeu et faire tenir tout un rêve collectif par sa seule présence, je me dis que je ne pourrais jamais faire aussi bien, que cet homme de théâtre en savait bien plus long que moi sur le secret des motivations humaines, sur le rythme profond des êtres et sur ce qui fait aller et venir un souffle dans une poitrine. Le théâtre n'était évidemment pas la caricature dont je m'étais construit l'image depuis la mort de mon père. Je ressentis très clairement que cette manière de faire n'était pas la mienne et que je n'avais rien à voir avec ce monde.

Au moment où je devais jouer mes quelques notes, il n'y avait ainsi plus personne à ma place. Je m'étais éclipsé en coulisses, incapable de jouer au musicien, encore moins au compositeur, laissant là cette œuvre qui de toute façon n'était plus la mienne. Les autres musiciens et l'acteur avaient été un instant décontenancés, un silence s'était fait à un moment où ni la partition ni la pièce n'en indiquaient, mais tout ce beau monde, très professionnel, gardant son sang-froid, avait poursuivi malgré tout et le spectacle avait continué, troué maintenant d'un silence que la circonstance lui avait imposé. Ce n'était définitivement plus une œuvre parfaite, ni rêvée, j'en étais absent et heureux de l'être. J'avais enfin mis quelque chose au monde qui donnait la parole à d'autres voix que la mienne, qui s'exprimaient à travers ce mélange de cordes et de bois, par ce corps exposé qui n'était pas le mien. C'était maintenant une œuvre et non le récit d'une vie à peine déguisé. J'étais libéré de moi-même, du fardeau d'avoir à produire une œuvre : elle se produisait toute seule, sans mon regard, grâce même à mon retrait. C'est en me retirant dans l'existence la plus simple que j'allais dorénavant passer le reste de mes jours, n'ayant commis tout cela que pour m'assurer de laisser une trace qui allait bientôt être engloutie. C'est un paradoxe, je sais, mais j'y tiens mordicus : ceux qui ne laissent pas de traces ne peuvent avoir la chance d'être oubliés. Il faut laisser quelque chose, n'importe quel rien fait l'affaire, pour jouir de la possibilité d'être avalé par cette force qui broie tout et nous laisse dans l'abandon le plus complet quelques instants après avoir mis au monde cette petite chose sans vie qu'on appelle une partition.

Ma vie n'aurait été qu'un songe — passez, nuages, noms et œuvres, rien ne restera. Ceux qui étaient venus applaudir ne me verraient pas à la sortie, auréolé d'une image que je refuserais, personne, pas même Pascale, assise dans les premières rangées, ni Catherine, ni tous ceux que je ne connaissais pas, ni ceux qui s'étaient faits absents pour toujours, morts dormant dans le paysage, ou qui étaient demeurés à l'extérieur de notre monde et que je rejoindrais bientôt, de l'autre côté de ces vitraux modernes qui décoraient la façade du théâtre et que seuls quelques passants regardaient d'un œil distrait, attirés peut-être par cette musique assourdie, et auxquels la signification de tout cela échappait sans doute, bienheureux abandonnés que je rejoins à ce moment précis avec la joie sans nom de celui qui s'enfonce dans l'ombre.

Table

Dans la collection « Prise deux » (format compact)

Esther Croft, *Tu ne mourras pas*, nouvelles.
Sergio Kokis, *Les amants de l'Alfama*, roman.
Sergio Kokis, *L'amour du lointain*, récit en marge des textes.
Sergio Kokis, *L'art du maquillage*, roman.
Sergio Kokis, *Errances*, roman.
Sergio Kokis, *Le fou de Bosch*, roman.
Sergio Kokis, *La gare*, roman.
Sergio Kokis, *Le magicien*, roman.
Sergio Kokis, *Le maître de jeu*, roman.
Sergio Kokis, *Negão et Doralice*, roman.
Sergio Kokis, *Le pavillon des miroirs*, roman.
Sergio Kokis, *Le retour de Lorenzo Sánchez*, roman.
Sergio Kokis, *Saltimbanques* suivi de *Kaléidoscope brisé*, romans.
Sergio Kokis, *Un sourire blindé*, roman.
Andrée Laurier, *Le jardin d'attente*, roman.
Andrée Laurier, *Mer intérieure*, roman.
Hélène Rioux, *Les miroirs d'Éléonore*, roman.

Dans la collection « Réflexion » (essais et études)

Jacques Cardinal, *Filiations. Folie, masque et rédemption dans l'œuvre de Michel Tremblay.*
Jacques Cardinal. *Humilité et profanation.* Au pied de la pente douce *de Roger Lemelin.*
Roland Chollet et Stéphane Vachon, *À l'écoute du jeune Balzac. L'écho des premières œuvres publiées (1822-1829)*, textes présentés par Roland Chollet avec la collaboration de Stéphane Vachon, réunis et annotés par Stéphane Vachon avec la collaboration de Roland Chollet [en coédition avec les Presses Universitaires de Vincennes].
Marcel Moussette et Gregory A. Waselkov, *Archéologie de l'Amérique coloniale française.*

Cet ouvrage composé en New Baskerville
a été achevé d'imprimer en mars deux mille quatorze
sur les presses de

Gatineau (Québec), Canada.